~恋のリハーサル~
Love Mate
ラブ♥メイト
ミンク　原作
本城伊緒梨　著
福永ユミ　原画
PARADIGM　NOVELS 99

登場人物

秋津《あきつ》和人《かずと》

　大学を卒業したばかりの新米教師。聖蘭女子学園に赴任が決まるが、いきなり演劇部の顧問をまかされることに…。

青葉《あおば》麻衣子《まいこ》　聖蘭でただ一人の演劇部員。廃部を免れようと、必死でがんばっている。

仙川《せんかわ》智《とも》　運動神経バツグンのスポーツ少女。以前はバスケ部で活躍していたのだが…。

綾瀬《あやせ》香澄《かすみ》　世間知らずのお嬢様。いつもインコのミルフィーユといっしょにいる。

片倉《かたくら》弥生《やよい》　和人の同僚の先生。おっとりした性格で、教師や生徒たちから好かれている。

玉川《たまがわ》みはる　幼く見えるがしっかり者。めんどう見もよくなにかと和人の世話をやく。

第二章 みはる

第四章 智

目次

プロローグ

放課後、人気のない体育用具室。

「先生……」

「いいのかい」

彼女は頬《ほお》を微かに赤らめて、こくんと小さく頷《うなず》いた。

「ずっと、好きだったから……」

最後まで言い終わらない内に、俺は彼女を抱きしめて、くちびるを重ねた。

「……んん……」

柔らかいくちびる。

優しく、啄《ついば》むように吸い上げると、彼女の身体が微かに震えた。

「ん……っ……」

触れて離れて、何度も繰り返すキスに彼女のくちびるは赤く色づいて、まるで口紅を塗った様になった。

すっかり息の上がった彼女を抱きしめて、敷きっぱなしになっている体操用マットに押し倒した。

「先生……」

次に何が起こるのかと、見上げてくる彼女の顔にはまだ幼さが残っている。

スカーフを外し、制服を脱がせていく。

プロローグ

彼女は黙って俺のなすがままになっている。

レースに縁取られた白いブラに包まれた胸は思ったよりも大きく、俺は吸い寄せられるようにその谷間に顔を埋めた。

柔らかく温かい肉肌の感触。

「ああ……」

少し汗ばんだ身体から発せられる甘い体臭を味わった後、そっとブラを外した。

「先生……怖い………」

反射的に胸を隠そうとした腕をつかんで、動きを封じる。

「大丈夫だよ……」

安心させるように優しく囁《ささや》いては見たものの、俺自身もすでにかなり昂《たかぶ》っていた。はやる気持ちを抑え、あらわになっている乳房にそっと触れた。

ゆっくりと回すように揉《も》みしだいていく。

「あっ！」

彼女の身体がピクンと反応する。

手のひらから、彼女の鼓動がダイレクトに伝わってくる。

乳房を撫《な》で回しながら、俺は顔を伏せてもう一方の乳首の先にキスをした。

ぷっくりと可愛らしく膨らんできた薄いピンク色の乳首を、舌先でころころと転がして弄《もてあそ》んでやる。

「あぁっ……せ……んせ……っ……………」

彼女の息づかいがだんだんと荒くなっていく。

俺は、彼女のすんなりと伸びた脚の間に身体を割り込ませて、制服のスカートを捲《まく》り上げた。

ブラとお揃《そろ》いの白いパンティ。

こんもりとした秘処に布越しに触れると、そこはもう熱く潤み始めていた。

「ア、ンッ……」

パンティーをずらして直接、秘処に触れてみる。

指にねっとりと絡みついた淫液《いんえき》を確かめた俺は、たまらなくなってパンティーに手をかけた。

「……いやぁ、先生」

それまで無防備に開いていた脚を閉じようと、彼女がもがいた。

「やめる？」

と、俺が問うと彼女は首を振った。

「でも……恥ずかしい……」

きめの細かい色白な肌。

プロローグ

伏し目がちの大きな瞳。

愛らしいくちびる。

しなやかな身体。

どこをとっても俺の理想だ。

こんな娘《こ》と出会ってしまったら……。

「どうしたの？　……先生」

幼い表情の中に、ほんの少し蠱惑《こわく》が混ざっていく。

「続き、しよ……」

「…………」

彼女の言葉を受けて、俺は再び彼女のパンティーに手をかけた。今度は抵抗もなく、俺は彼女の身体から最後の衣を取り上げた。

恥ずかしさからか目を閉じたままの彼女を抱きしめて、中指を花びらに滑りこませた。

「あっ……」

溢《あふ》れ出る蜜液《みつえき》をすくって、堅く充血した蕾《つぼみ》に指を何度も往復させて刺激してやると、彼女の身体が大きくビクンと震える。

「あ、あああっ、……あっあっ……」

俺のモノも彼女の反応に比例して滾《たぎ》っていく。

「……んあっ……………あぁっ……」

ひとしきり蕾を弄び、そのまま花びらの奥へ指を差し込んだ。

「アッ……く…………」

十分に濡《ぬ》れてはいるものの、狭い泉の内壁を慎重に探っていく。

「アッアッ…………あああ……」

「ここがいいのかい」

「は、はい……先生……」

彼女の下半身から、濃厚な女の匂《にお》いが漂ってくる。

俺は、たまらなくなり、性急にジッパーを下ろし十分に堅くなっている俺自身を彼女に突き立てた。

「あっあああっ…………あああっ……っ……」

挿入の衝撃に彼女の身体がのけぞる。

細い腰をつかみ、ぐっと一気に根元まで埋め込む。

「……せん、せ……いっ…………は、あっ……」

熱く熟れた肉壁が、俺のモノを包み込むように締め付けてくる。

「すごい、先生の…………ああっ」

「……くっ……」

プロローグ

「あんっ……あっあっあっ……大きいよっ……先生っ」

ぐっと腰を密着させて何度も何度も突き上げる。

彼女の細い指がすがるように俺の腕をぎゅっとつかむ。

「ああっ……そこっ……先生、そこ…………いいのぉ……」

彼女の声に甘い響きが混じっていく。

幾度も腰を揺らすたびに、ぬちゃぬちゃといやらしい音が繋《つな》がりあった部分から漏れてくる。

「あ、あんっ……あっ……」

俺は彼女の乳房を鷲掴《わしづか》み荒々しく揉みたてた。

「あ、あーっ……先生、先生…っ……私、もうっ……」

「俺も……くっ……」

「先生……好きっ……………あああ……あっあっあー……!!」

教師と教え子だっていいじゃないか。

立場なんて関係ない。

そうだ、出会ってしまったんだ。

好きになってしまったんだ。

「あ……はあ……先生っ…………」

彼女は懸命に俺にしがみつく。

俺も最後の放出に向かって駆けのぼっていく。

「あっあっあああ…………」

ジリジリジリジリジリリーッ、ジリジリジリジリリーッ。

「先生……」

突然の大きな物音と光に、すべてがかき消されていく。


ジリジリジリジリリーッ、ジリジリジリジリリーッ。

耳障りな目覚ましの音にがばっと跳ね起きると、そこは見慣れた自分の部屋だった。

あ……ゆ、夢か……。

ふうっ、と大きく一つ深呼吸をして、俺は再びベッドに倒れ込んだ。

今日に限ってあんな夢を見るなんて。

いや、今日だからか。

第一章　たった一人の演劇部

四月七日　火曜日

春の抜けるような青空の下で俺、秋津和人《あきつかずと》は門の向こうにそびえる校舎を見上げ、我知らず仁王立ちになっていた。

今どき流行《はや》らないだの、似合わないだのと言われながらも一途に教師を目指し続けて、とうとう念願の叶《かな》う日が来た。

ここから俺の教師生活が始まるんだ。

「よおし……やるぜっ！」

俺はこれから教師の中の教師、そう「最高の教師」を目指していくんだ。

思わず握りしめた拳《こぶし》が震える。

それにしても……静かだな。

ふと我に返るとあたりはまだシーンとしていて人影もない。

時計を見ればまだ六時四十分。

いくらなんでも、早く来すぎた。

初日から遅刻はいけないだろうと気合いを入れすぎたようだ。

予定の時間まで、まだたっぷりと一時間はある。

門は開いてるんだから、中に入っても大丈夫だよな。

ここでボーっとしていても仕方がない。

俺は学園の中へと歩き出した。


校舎へと続く道は、桜並木になっていて、ソメイヨシノだろうか、薄いピンクの花びらがちらほらと舞っている。

反対側は綺麗《きれい》に手入れをされた花壇があり、緑が並んでいる。玄関の周りには可愛らしいベンチまで置いてある。

さすがは聖蘭《せいらん》。俺が通った公立の学校とは、かなり雰囲気が違う。

私立聖蘭女子学園といえば都内でも有数の名門校で「優しく思いやりのある、知性豊かな女性の育成を目指す」というやや古くさい教育理念を掲げているが、代々女の子ならこの学園に入学させると決めている良家も多いという。

制服の可愛らしさでも有名で、学年ごとに色違いの派手なセーラー服は雑誌などにもよく紹介され、憧れの的になっている。

もちろん年頃の男子からも熱く注目されていて、俺も学生の頃は男子禁制の花園に憧れたものだった。

聖蘭に採用が決まったと知った悪友たちからは『女子校で教師をやるために頑張ってき

たのか』だの、『教え子に手を出すときは慎重にな』だの、いらない忠告をさんざん聞かされた。

俺は女子校で教鞭《きょうべん》を執ることを特に希望していたわけではない。公立の採用がかなわず、臨時採用待ちかと思っていた矢先に、だめもとで受けていたこの学園の採用通知が届いたのだ。ずいぶん競争率が高かったようなのだが、三流大学出の俺がよく受かったもんだと思う。


ちょっと、緊張するな……。

試験を受けに来た時と、採用が決まって挨拶《あいさつ》に来た時に学園を訪れてはいるが、今日からここで教壇に立つと思うとまた違った景色に映る。

入って正面の硝子《ガラス》の向こうは吹き抜けになっていて、明るく瀟洒《しょうしゃ》な中庭が広がっている。

女子校らしい華やかさにやや気圧されながら、来客用のスリッパを履き校内へ入った。


見学がてら適当に校内を見て歩くことにした。

美術室や礼法室、保健室等を次々と通り過ぎたが、相変わらず人気はなく静かだった。

お、更衣室……。

思わず立ち止まり、ドアに手をかけそうになった。

いかん、いかん。何考えてるんだ。

と頭を振り、そこから離れた。

大丈夫かな、俺。女の子ってあんまり免疫ないからな……。

俺は、現在彼女いない歴約二年、つき合った女性の数も多くはない。

高校時代は部活動に明け暮れてほとんど女っ気は無かったし、まともにつき合ったといえるのは大学生の時、同じサークルになった女の子との約一年の交際くらいなものだ。

先生の目つき嫌らしいですっ、なんて言われないようにしないとなあ。

「………」

ん？　どこからか人の声が聞こえたような気がした。

耳を澄ましてしばらく歩くと、奥の方にかすかにドアの開いている教室があり、女性の声が聞こえてきた。

「そんなっ、私じゃありません。私は……私はただっ」

な、なんだ？　朝っぱらからケンカか？

「まさか……私をお疑いなのですか？」

中から聞こえてきた大きな声に驚きながら、俺は教室をそっと覗《のぞ》いてみた。

「ああ、神よ。私は何を信じたらよいのでしょうか？　私はこんなにもあの人のことを……」

大きなリボンをつけたポニーテールの少女がたった一人、床に跪《ひざまず》いて胸の前で手を組み虚空に向かって話している。

……ん？

俺は音を立てないように静かに動いて、ドアの上のプレートを確かめた。

ああ、演劇部か。

薄暗く雑多な資材が溢《あふ》れている部室の中。

「ずっと、想っているのに……あの人は……」

彼女の周りだけが違う空気で覆われているようだ。

その圧倒的な存在感に、俺は魅入られたように彼女の演技を見続けた。

「何を言っているの？　彼は来ます。必ず……」

窓から差し込む光が、まるでスポットライトのように彼女の姿を照らしている。

「あなたね、なんの根拠があってそんなウワサを……」

「好きにすればいいわ。もう私に触れないでっ」

す、すごい……。

一人で演技をしているのに、俺は彼女の視線の先に相手の姿が見えるような錯覚を何度も覚えた。

「もう、そんなに昔の話かしら。つい昨日のことのようなのにね。ふふっ」

彼女は俺の目の前で、肩を震わせて泣き、かと思うと元気な笑い声をあげ、くるくるとその表情を変えていく。

彼女の演技に俺は引き込まれ、釘付《くぎづ》けになっていた。

「だったら、なんだって言うのっ！」

すっくと立ち上がり、正面を見据える。

「たとえ、あの人がもう、戻らないとしても……」

後ろを向き、自分で自分を励ますように肩を抱き、ゆっくりと振り返り彼方を見つめる。

「私はあの人への想いを胸に、これからも……生きていきます……」

悲しいラストシーン。

途中からでストーリーもよくわからないが、思わずもらい泣きをしてしまった。

大きく肩で息をしてから、顔を上気させて舞台から降りてきた少女に、俺は惜しみなく拍手を送った。

「きゃっ」

突然の侵入者と拍手に驚いた彼女は、大きな瞳を見開いて後じさりした。

「ご、ごめん。あんまりいい演技だったんで、つい」

「あ、あなたは……？」

「あっああ、怪しいものじゃないよ。俺は秋津和人、この学園に赴任してきた教師なんだ」

「……先生？ですか」

まだ不審感を拭《ぬぐ》いされないでいる彼女に対し、俺は精一杯にこやかに答えた。

「そう今日からね。君、名前は？」

「私は……青葉麻衣子《あおばまいこ》といいます」

「勝手に覗いちゃって、悪かったね」

「い、いえ……」

麻衣子は、恥ずかしそうに俯《うつむ》いてしまった。

さっきまでとずいぶん感じが違う。

演技をしている時の気迫はまったくなく、ごくごく普通の女の子に見える。

「かなり熱中してたね」

「あ、私……一度演技を始めると、周りが見えなくなっちゃって……」

「すごい集中力だ。そんなに打ち込めるなんて、よっぽど芝居が好きなんだね」

「はい!!　大好きです」

一瞬、演技をしている時と同じ輝きが、麻衣子を包んだように見えた。

「ハハ……そこまで言いきれるなんて、たいしたもんだ」

「……そんなこと、ありません」

麻衣子は、また俯いてしまった。

「そうだ、発表会とかないのかい？　今度は、ちゃんと初めから見てみたいな」

「あ……」

「相手役もいたら、またさらに迫力があって素晴らしいんだろうね」

「……」

「ん……どうかしたのか？」

麻衣子は浮かない顔をして黙ってしまった。

「い、いえ……。あの、そろそろ始業式が……」

「やばいっ！　いつのまに、こんな時間にっ。じゃあ、また！」


「秋津君、ちょっといいかね」

「は、はいっ」

始業式での挨拶も無事に終わり、ようやく自分の机《つくえ》に落ち着いた途端、教頭に声を掛けられた。

「なんでしょうか」

「実は、君に演劇部の顧問をやってもらおうと思ってね」

「え、演劇部ですか？」

思わず大きな声を出してしまった。

過剰な反応に教頭が首を傾げる。

「どうかしたかね？」

「い、いえ。あの、私は演劇のことなんてまったくわかりませんが……。顧問でしたら運動部の方が」

「運動部の方は今、手が足りているのでね」

教頭の有無を言わせない口調に、俺は言葉を詰まらせるしかなかった。

「でも……」

「心配はいらんよ。君は何もしないでいいんだから」

「何もしないで、とは？」

「演劇部は、ここ二、三年、活動がはかばかしくなくてね。現在は部員も一人しかいないという情況でね。そこで、二週間後のクラブ会議で廃部になる予定なんだよ」

「廃部ですか？」

「そう、だから君は二週間だけ、なんの問題もないように様子を見ていてくれればいいんだ。指導をすることもない。じゃあ、頼んだよ」

「え、あ、あのっ！」

勝手に話を終わらせると、教頭は恰幅《かっぷく》のいい体を反転させて行ってしまった。

どうやら俺に選択権はないということらしい。

「うーん……」

たった一人の部員って、あの子だよな。あんなに頑張っていたのに、廃部なんて。

今朝の青葉麻衣子の悲しそうな表情が脳裏によみがえる。

彼女はこのことを知っているんだろうか。

どうしたものかと俺は天井を渋い顔でにらみつけていた。


「あの……」

「はい？」

声をかけられて慌てて姿勢を戻した俺の目の前に、知的なノーフレームの眼鏡がよく似合っている美しい女性が立っていた。

「私、片倉弥生《かたくらやよい》と申します。私も今日から赴任したばかりですので、どうぞよろしくお願いします」

会釈と共に、ストレートの美しい栗色の髪がふわりとなびいた。

「ああ！　どうも、こちらこそ。秋津和人です、よろしく」

慌てて立ち上がり握手を交わした。

今年の新採用は俺たち二人だけだった。彼女も大学を卒業したばかりで、この学園が初めての赴任だという。

「あの……演劇部の顧問をなさるんですか……」

「ええ、なんだか押しつけられちゃって……」

俺の重たい返事に、彼女は切なそうに目を伏せた。

「この学園の演劇部、もとは名門だったんです……それが、こんなことになっているなんて……」

「ご存知なんですか？　演劇部のこと……」

「あ、はい。有名でしたから……」

「そうですか。教頭先生は、もう廃部は決定しているような口振りでしたが、どうにかならないんですかね」

「え……」

「たとえたった一人でも、頑張っている部員がいるんだったら廃部になんて……」

廃部になんてなったらきっと彼女は悲しむ。

俺は、最高の教師を目指しているんだ。学生の笑顔を取り上げるようなことは出来ない。教頭の言いなりになるつもりはすでになかった。

「……よかった……先生が優しい方で……」

彼女は、ほっとした様に小さくつぶやいた。

「ぜひ、頑張ってください！　あの、私にできることがあったら、何でもおっしゃってくださいね」

「は、はい」

「それじゃあ」

なんかいい感じの人だな。優しそうで、学生たちからも好かれそうだ。

それに美人だし……。

よぉし、ますますやる気が起きてきたぞぉ。

つ、疲れた……。

副担任を務めることになったクラスで挨拶をしただけなのだが、びしっと決めるつもりだった俺の理想とはまるで違ったものになってしまった。

まずは教室に入った途端に響き渡った女の子たちの嬌声《きょうせい》に出鼻をくじかれ、自己紹介後の質問の嵐でまさに圧倒された。

年頃とはいえ、恋人の有無から始まった男女関係に関する質問の時の騒ぎは、すさまじいものだった。

『じゃ、彼女いない歴はどれくらいですか？』

『つき合うんだったらぁ、何歳から何歳までＯＫなんですか？』

『あっちには自信ありますか？』

教師の威厳を保とうともがけばもがくほど、俺は言わなくてもいいようなことまで告白させられていた。

女の子って、こんなに元気な生き物だったっけ……。

うっすらと抱いていた女の子たちへの幻想は見事にうち砕かれた。

明日からは心してかからなくちゃいけないなぁ。

思わずため息が漏れる。

ま、現実はこんなもんなんだよな。

さてと、次は問題の演劇部だ。

俺は気合いを入れ直して、演劇部の部室へと向かった。

……誰もいない……。

部室に、麻衣子の姿はなかった。

乱雑な部室の中をぐるっと見回す。トロフィーや賞状がたくさん飾ってあり、弥生先生が言っていた名門という言葉を思い出させた。

ふと見ると、他の床より少し高く作ってある舞台の袖《そで》に、一冊の台本が置きっぱなしになっていた。

ぱらぱらとめくってみると、今朝、麻衣子が演じていたセリフがあった。

俺は、今朝の麻衣子を真似《まね》てセリフを口に出してみた。

「そんな、私じゃありません。私は……私はただ」

なんの感動もない声が、むなしく部室に響いた。

む、向いてないな、俺には……。

すぐに台本を置いて部室から出た。

「あの、どうかされましたか？」

「あ、弥生先生」

「何か大きな声が聞こえたので……」

「い、いやー、早速、演劇部に来てみたんですがね、誰もいないみたいで、どうしようかなーと、独り言を……ははっ」

俺は、頬《ほお》が紅潮するのを感じたが、ひたすら苦笑いでごまかした。

「今日は部活休みなんですかね、それともどこか違う場所で稽古《けいこ》してるんでしょうか？」

「ああ、もしかしたら、あそこに行ってるのかも」

「あそこって……」

「校舎裏に小さな池があるんです。人があまり来ないので、発声練習にちょうどいいんですよ」

「ふーん、じゃあ、そこで練習してるのかな」

「あの、いろいろ大変だと思いますが、頑張ってくださいね」

「はい！」

校舎裏の池か。よし、行ってみよう。


この辺かな……。

何人かの学生に道を尋ねながら、俺はやっと校舎裏へたどり着いた。

確かに校舎の裏手にあるが日当たりもよく、まるで小さな公園のようだ。木々の手入れもきちんとされている。

「いた……」

麻衣子は池のかたわらで、ぽつんと一人座っていた。

発声練習をしている様には見えない。寂しそうな麻衣子の姿に、俺は一瞬声を掛けることをためらってしまった。

「だ、誰？」

物音に気づいた麻衣子が、はっとして振り向いた。

「秋津先生⁉　どうしたんですか、こんなところに」

「実は……今度、俺が演劇部の顧問になるように言われてな」

「先生が……演劇部の顧問に⁉」

「ああ、わからないことがいろいろあるから、麻衣子に話を聞こうと思って、捜していたんだ」

「そう……ですか……」

麻衣子の表情が不安そうに揺らいだ。

「今、部員は麻衣子だけなんだって？　一体、演劇部はどうなってるんだ？」

「……どうなってるって。先生も、廃部の話は知ってるんでしょ」

「ああ」

俺は麻衣子の隣に腰を下ろした。

「麻衣子はそれでいいのか？」

「え……」

「俺は演劇部を廃部になんてしたくないと思ってる。一人だろうがなんだろうが、麻衣子があんなに頑張ってるんだ」

「先生……」

「麻衣子の演劇への気持ちは、今朝の練習を観ただけでもわかった。あんなに打ち込めることを取り上げるなんてしたくない」

「本当ですか……？」

「ああ！」

「……よかった。私、演劇が、お芝居が大好きなんです！　それに絶対に、この聖蘭演劇部を潰したくはないんです。でも私一人では、もうどうすることもできなくて……」

麻衣子はすがりつくように必死な表情で訴えた。

「麻衣子……」

「先生！　どうかよろしくお願いします！」


「とりあえず、二十一日のクラブ会議までにどうにかしないとだな。なにか演劇部の活動をアピールして教頭先生たちを説得できればいいんだが」

部室に戻った俺たちは、今後のことについて話し合いをしていた。

「あの、ちょうどその日、演劇コンクールがありますけど」

「演劇コンクール？」

「はい、新人が集まる有名な演劇の大会です。劇団や個人を問わず、一般からも自由に参加できて、新人の登竜門と言われて結構注目されています」

「へぇ……」

「その大会で、もしなにか賞が取れれば、いいアピールになると思うんですが」

「そうだな。その大会で優勝すれば、あの教頭先生だって、認めざるを得ないはずだ‼」

「先生、優勝だなんて……そんな……とんでもない」

麻衣子は首を振った。

「参加者は、みんな新人なんだろう。だったら、望みはあるさ！」

「で、でも……」

「このまま何もしないで終わったら、絶対に後悔するぞ。全力を尽くして、とにかく頑張ってみるんだ‼」

何が何でも優勝してやる、それくらいの覚悟がなくてはダメだ、という俺の説得に麻衣子もやっと頷《うなず》いた。

「わかりました……私、やってみます！」

「麻衣子……！」

「でも、先生……私一人だけで、舞台は……」

「そうか、いくらなんでも独り舞台はキツイよな……」

「それに、部活として認められるには、最低でも五人の部員が必要なんです」

「五人か……そうだ、前に演劇部だった子をまた誘ってみたらどうだ？」

「以前、演劇部にいた子は、みんなこの状況に耐えられなくて……転校してしまいました……」

そう言うと麻衣子は悲しそうに、ぎゅっ、とくちびるを噛《か》みしめた。

「……じゃあ、あと四人、演劇部員を探さなきゃならないってことか……」

「………」

「わかった……部員集めは、俺がなんとかしよう」

そう言って、俺は麻衣子を安心させるように笑った。

今すぐによい案があるわけではなかったが、とにかく麻衣子の張りつめた気持ちを楽にしてやりたかった。

「先生……」

「麻衣子は、大会に向けて練習に専念するんだ」

「大丈夫、ですか？」

「ああ。まぁ、任せておけ！」

「よろしくお願いします！　先生！」

ようやく麻衣子に笑顔が戻り、俺もほっとした。

「さあ、目指すは演劇コンクール優勝だ！」

「はい！」

「そして演劇部を立て直そう」

「はい!!」


麻衣子にはああ言ったが実際、簡単なことじゃないよな。

なんて言ったたって、時間がなさすぎる……。

演劇コンクールまで、たったの二週間。今から部員を募って稽古を始めて、本当に演劇コンクールで優勝なんてできるのだろうか。

でも、俺が顧問となったからには、このまま廃部にすることなんて出来ない。

やるしかないんだ！

四月八日　水曜日

「……と、いうわけなんですよ!!　教頭先生っ!!」

俺は朝一番に教頭を捕まえ、直談判をしていた。

「しかしね、演劇部の廃部は、ほぼ決定してるんだよ。それをいまさら。第一、君には何もしなくていいと言っておいただろう」

「演劇部には、青葉麻衣子という、才能溢れる娘《こ》が頑張っているんです！」

「いくら頑張っていても、部員が一人では……」

「部を存続するには、五人の部員が必要なんでしょう。わかってます。集めてみせます！」

「かりに、五人集まってもだねぇ」

教頭は渋い顔を崩さない。

俺はぶちきれそうになるのを必死でこらえ、話を続けた。

「では、二十一日に行われる演劇コンクールで優勝したら、考え直してもらえませんか」

「あのコンクールは毎年多くの名優を出して、新人の登竜門と言われている大会だろう」

「はい。もし、そこで優勝できたら、演劇部の廃部を撤回していただけませんか」

「……ふむ……まぁ、無理だと思うが……せいぜいやってみたまえ」

「はい、ありがとうございます！　教頭先生!!」

よーし、あとは優勝あるのみだ。

「演劇部員大募集中！　来たれ、未来の女優たち!!　ですか」

「弥生先生」

俺がポスターを張っていると、弥生先生が微笑《ほほえ》みながら傍らへやってきた。

「部員募集のポスターですね。秋津先生が作ったんですか」

「夕べ急いで作ったんで、こんなものなんですが……」

「私もお手伝いします」

なるべく目立つ場所を探しながら、弥生先生にポスターを持ってもらい、ピンで固定していく。

「ふふふっ」

「どうかしましたか？」

「いいえ、なんだか、こういうのって。懐かしくありませんか」

「え？」

「毎年、新入生が来る時期になると、みんなでポスターを書いて張り出して。放課後は入部希望者をひたすら待って……ふふっ……」

「そうですね。懐かしいですね」

俺も学生の時を思い出して笑った。

「片倉さん、ちょっとー」

「はい？」

「コピー、お願いしたいんだけど……」

「わかりました。秋津先生、ちょっと、すみません」

「いいですよ」

弥生先生って、やたらと他の先生たちに人気があるよなあ。


「どいて、どいて!!　どいてくださーーい!!」

とつぜん、背後から大声が聞こえてきた。

「キャーーーッ!!」

「な、なんだ？　うわっ」

振り向いた途端、腹部にどんっと衝撃を受けた。

「いてっ、いててっ、てっ……」

鍋やボウルや野菜などが頭の上に次々と降ってきた。

「ふ、ふみぃ……」

同じように、料理道具と材料にまみれた小柄な女の子が廊下に尻餅《しりもち》をついていた。

「だ、大丈夫か？……っ……」

と手を差し伸べた俺は、スカートがめくれ上がって、丸見えになっている彼女のピンクのパンティーをもろに見てしまった。

「……？　ひゃん。エ、エッチ！」

「ご、ごめん」

って、俺何あやまってんだ？

彼女は素早く立ち上がると、ばらまいてしまった荷物を拾い始めた。

「あーあ、もうちょっとだったのにぃ！」

「こんな沢山の荷物……一人で運んできたのか？」

「みはるは大人なんだから、これぐらい、一人で運べるんです！」

と、口をとがらせて抗議する。

見かけ通りに子供っぽい子だ。自分のことを名前で呼んでいる。

「結構重いじゃないか」

「大丈夫なんですっ!!」

そんなに力説しなくても、と俺は笑った。

「これで全部かな。はい」

「あ、ありがとうございます」

上の方で二つに結わえた髪型が、彼女の幼い風貌《ふうぼう》とよく合っていて、なかなか可愛い。

「それでこの荷物……どこに持っていくんだ？」

「家庭科室です」

「だったら、俺が持っていってやるよ」

「い、いいです！　ちゃんと、自分でやりますから」

「遠慮するな。力仕事は男に任せろって」

「あ、は、はい」

「よし、行くぞ」

お、なんか俺ってば、先生っぽいかも。

「あのー、先生って若いですね」

彼女は後ろから、ちょこちょことついてきた。

「まぁ、俺は入ったばかりの、新米だからな」

「それじゃあ、みはると同じだ。みはるも入ったばっかり、新入生なの！」

それは、グリーンの制服を着ているからすぐにわかった。

聖蘭は学年ごとに制服の色が違うのだ。

今年の一年生はグリーン、二年生はブルー、三年生はレッドだ。

「私、玉川《たまがわ》みはる。これからもよろしくね！　お兄ちゃん！」

「え……お、お兄ちゃん⁉」

「だってぇ、なんか、先生って感じじゃないもん」

「感じじゃない……のか……」

がっくりと肩を落とす。

「ん？　どうしたの、お兄ちゃん」

「……できれば、先生って呼んで欲しいんだけどな……」

思わず声が小さくなる。

「あ、ここです。どうもありがとう、お兄ちゃん」

聞いてない。

「はは。じゃな……」

バイバイと手を振り、家庭科室に入っていった彼女を見送った。

お兄ちゃんか……。


「ふうっ」

半分程ポスターを張り終わったところで、俺は中庭のベンチで一休みしていた。

缶コーヒーでのどを潤し、一緒に買ったチョコレートに手を伸ばしたが、
あれ？　……無い……。

落としたのかとベンチの周辺をきょろきょろ探していると、背後からガリガリと変な音が聞こえてきた。

「あ、あぁぁーっ！　インコが、インコが俺のチョコを食ってるー⁉」

ベンチの後ろで、水色のインコがチョコレートをつついている。

俺が呆然《ぼうぜん》と見ているうちに、インコはチョコレートを平らげてしまった。

「ぜ、全部……食っちまいやがった」

「ピイッ！　ピイー‼」

「こら、まてっ」

残骸をそのままに飛び立ったインコの後を追った。

「……ミルフィーユ⁉　ミルフィーユ……どこにいるの？」

「カスミ！　カスミ！」

インコはすらっとした少女の腕にとまり、何事もなかったかのようにピキュピキュと機嫌良くさえずっている。

「そのインコは……？」

「……ミルフィーユは、わたくしのお友達ですけれど……あ、あの……ミルフィーユが、なにか……」

「俺の……チョコを……わっ……いてててっ」

再び少女の手から離れたインコが、ギャーギャーと鳴きながら俺の頭を突っついた。

「ミルフィーユッ！　す、すみません……この子……甘いものが大好きで……」

今度は少女の肩にとまって、ピュイピュイと機嫌をとるように鳴いている。

「……あの、わたくしが弁償いたします。これくらいで足りますでしょうか……」

と、少女は財布から五万円を出して俺に渡した。

「へ？」

「あの……足りないようでしたら……」

「た、足りてるっていうか、俺のチョコはたったの百円だから」

俺は慌てて少女に、札を返した。

「百円……ですか？　あ、すみません。わたくし……あいにく……小銭が……」

「別にいいって」

「……そんな、それでは……わたくしの気持ちが……」

「いいよ、そんなに気を使わなくても」

俺はぽんと軽く少女の肩をたたいた。

「サワルナ！　ヘンタイッ」

　インコが頭の上で暴れ始めた。

「変態？　よくしゃべるなーお前」

「オマエイウナ。ピィーッ、ピイッ」

「お、頭もいいな。ははは、ははは」

　少女の手前、笑いながらも俺はインコと格闘していた。

「あの……お、お名前を……」

「名前？ああ……秋津和人だ」

「秋津先生……あの、わたくしは……綾瀬香澄《あやせかすみ》と申します」

「香澄君か」

「あの、あの。今度……お詫《わ》びにチョコレートを……持ってきますので……」

「気にしないでいいから、じゃあ」

「あ、ごきげんよう……」

　ごきげんよう、か。ずいぶんなお金持ちのお嬢様みたいだな。それにしても、あのインコは生意気だな。ん？　学園内にペットは連れてきてもいいのか？

　空腹のまま職員室に戻った俺のところに、ポスターを見たという子が何人か訪ねて来たが、みんなただの野次馬ばかりで、結局、入部希望者は一人も現れなかった。

四月九日　木曜日

あんなにたくさんのポスターを張ったというのに、成果はまったくなかった。

「……どうですか？　演劇部の方は……」

弥生先生が心配して声を掛けてくれた。

「それが、……さっぱりなんですよ……」

俺は思わず大きなため息をついてしまった。

「そうですか……」

弥生先生まで沈んだ顔になってしまった。

俺は慌てて笑顔を作った。

「やっぱり、待ってるだけじゃダメですよね。今日はいろいろ声を掛けてみるつもりです」

「私もクラスで話してみます」

「お願いします。じゃあ」


「どうかな、今演劇部で部員を募集しているんだけど、興味ないかな？」

「もう、部活入ってますから……」

「あ、ねーねー君、君」

「…………」

「一年生だよね。部活はもう決まったのかな。演劇部なんてどう？」

俺はまるで街によくいる怪しいスカウトマンにでもなったかのように、これはと思う娘に片っ端から声を掛けていた。

「…………」

「あ、ねえ、話だけでも…………ダメ、か」

前途多難だあー。

はらはらと花びらを散らせているソメイヨシノをぼんやりと眺めていると、どこからかダンッダンッという小気味のいいバスケットボールの音が聞こえてきた。

「ん？……」

俺は誘われるように、音のする方へ歩き出した。


裏庭の片隅にたった一つだけリングがあり、その下で一人の少女が制服のままドリブルをしていた。

ゴール正面からのシュートを狙《ねら》っている。

シュッ。

ボールはボードに触れずダイレクトに、ゴールに吸い込まれていった。

へえ、上手いじゃないか。

バスケ部の娘かな。でもなんで、制服のままこんなところで？

彼女は落ちたボールを拾って、またすぐにドリブルを始めた。

今度はゴール下で高く、まっすぐにジャンプをした。

張りつめた一本の弦のような身体。

しなやかな指先から離れたボールは、弧を描いて音もなくゴールに消えた。

綺麗なレイアップシュート。

「おお、ナイッシュー!!」

「……誰……？」

「あ、俺は秋津和人」

「ああ、新しく来た先生ね……で……何か？」

「ちょっと、ドリブルの音が懐かしくてね。俺も昔バスケをやっていたんだ」

「ふうん………」

「君は？　バスケ部じゃないの？」

「違うわ……」

ずいぶんと、そっけない態度だ。

「あ、そうだ！　俺と1ゲームしないか？」

「先生と？……」

彼女は不機嫌な表情を隠しもしない。

「君のプレーを見てたら、久しぶりに体を動かしたくなったんだ」

「…………」

「自信ないのか？」

「なに言ってるの？　あたしは、ここのレギュラーにだって負けないんだから」

口数は少ないが、勝ち気な性格らしい。

「へーえ」

わざと疑いのまなざしを送ったところ見事にひっかかった。

「……わかったわ。1ゲームだけつき合ってあげる。恥かいても知らないからね。3ポイント先取した方の勝ちでいい？」

「ああ」

「……そっちのボールからでいいよ」

「じゃあ、スタート！」

彼女は短い髪をなびかせて、腰を落とした低い姿勢で懸命にディフェンスをしてくる。

「君、名前は」

「くっ……仙川《せんかわ》……智《とも》っ……」


「ハア、ハア、負けた……」

結局、三対二で俺が勝った。

「ふう、いい汗かけたよ」

「こんな、ことって……」

まだ息が切れている自分と、余裕すら見て取れる俺の差に、智はぎりっと、くちびるをかみしめた。

「先生……体育の先生なの？」

「いや……国語だけど」

「国語⁉」

「まぁ学生の時は勉強より身体動かしてる方が得意だったけど、今はれっきとした国語の教師だよ」

「……信じられない………」

がっくりと肩を落とし、俺をにらみつけてくる。

「なんでバスケ部に入ってないんだ？」

「あたしは……一人の方がいい」

「え？」

「……人といるのは、疲れるのよ……」

「智……」

「……もう行く……」

「あ、ああ……」

その様子にどこか寂しいものを感じて、俺は思わず声を掛けた。

「また勝負したくなったら、いつでも相手になるぞ」

「次は、負けないからっ」

「じゃあなー」

仙川智か。

なんだか気になる少女だ。

「いてて……」

さすがにちょっと張り切りすぎたようで肩が痛くなってしまった。

優しい春の風が心地よくて、池のほとりにごろんと寝ころんだ。

「先生……秋津先生……」

揺り起こされて目を開けると、心配そうな麻衣子の顔があった。

「こんな所で寝ていると、風邪をひきますよ」

ほんの一休みするつもりでいつのまにか眠り込んでしまっていたようだ。

「よかったらこれ、召し上がりませんか？」

麻衣子は家庭科の授業で作ったんですと、バニラの香りのするクッキーを差し出した。

「へー美味そうだな。でも、俺がもらっていいのか？　彼氏とかにあげないのか？」

俺がからかうように言うと、麻衣子は微かに顔を赤らめた。

「もう、彼氏なんていませんっ……先生に食べてもらおうと思って、捜してたんですよ」

「じゃ、遠慮なく貰《もら》おうか」

「はい！」

クッキーは女の子らしく可愛い包装紙でラッピングされている。何種類か作ったようで、形や色の違うものが入っている。俺は早速一つを口に放り込んだ。

「うん、うまい！　甘過ぎなくてちょうどいいよ」

「よかった」

次々とクッキーを口に運ぶ俺の横に麻衣子も腰を下ろした。

「ごめんな、なかなか部活の方見てやれなくて」

「いいんです。今までもずっと一人で稽古してましたし……」

「ずっと？」

瞬間、遠い目をした麻衣子が、静かに口を開いた。

「私が一年生の時は部員もたくさんいたんですけど……。あの頃は、先輩たちと一緒に毎日遅くまで台本を読んで、稽古をして、楽しかった……」

「そうか」

「……あんなことさえなければ……」

「あんなこと？」

「……ある事故が、あって……それから……部員もいなくなってしまって……」

麻衣子の指は小さく震えている。

「そうか……」

あまりにもつらそうで、一体どんな事故があったのか、尋ねることはできなかった。

「過去は過去だ。これからの演劇部のために頑張ろう、麻衣子」

「……はい」

けなげに微笑みさえ浮かべる彼女に、俺は胸がしめつけられるようだった。

演劇部で一体何があったんだ？

第二章　とにかくHurry up!

四月十日　金曜日

赴任してから三日が過ぎた。

一刻も早く部員を集めて演劇コンクールの稽古《けいこ》をしなければならないのに、部員はまだ一人も集まっていなかった。

麻衣子は俺の言葉を信じて一人で稽古を続けている。

とにかく、今日も部員集めだ、と俺は午後の授業を終えて一目散に職員室に戻ってきた。

「君の気持ちも、わからんではないが……」

「ですが、教頭先生っ……」

職員室の中から教頭と弥生先生の言い争うような声が聞こえてきた。

ただならない雰囲気に思わずドアから手を引いた瞬間、勢いよくドアが開き弥生先生が飛び出していった。

「……っ」

涙？

教頭は気まずそうに俺から目をそらした。

弥生先生……教頭と……不倫……とか。

まさかね。

俺は一瞬頭の中に浮かんだ想像を蹴散らした。

何か悩みがあるのかもしれない、後で声を掛けてみよう。

だが、今はとにかく部員探しだ。


「君、ぜひ、演劇部に……」

「結構です！」

だ、だめだぁ……これで、二十人連続玉砕……。

ポスターも張った、放課後は毎日校内を歩いて声を掛けているというのに、誰も入部してくれないなんて。

はーっ。俺、なんか間違ってるんだろうか。

すっかり意気消沈した俺がとぼとぼと歩いていると、どこからか芳《こうば》しい食べ物の匂《にお》いが漂ってきた。

俺は、鼻をくんくんとさせて匂いの元にたどり着いた。

そこは家庭科室だった。

どこかのクラスが料理実習でもしたのかと思いながらドアを開けた。

「いま、できたとこだよ」

誰かと勘違いしたのか女の子の明るい声が飛んできた。

「あ、えーと」

くるっと少女が振り向いた。

「あれ？　お兄ちゃん‼　どうしたの」

「みはる⁉」

ひらひらとレースのたくさんついたエプロンを着けたみはるが立っていた。

「あんまりいい匂いがしてたもんで、つい。みはるこそ、なにしてるんだ？」

「なにって……見てわかりませんか？」

みはるは、手に持っていた出刃包丁をきらりと光らせた。

調理台の上には数々の肉料理、魚料理、綺麗《きれい》に盛りつけられたサラダなどが、どれも大量に並べられていた。

「え……ひょっとして……この料理、お前が作ったのか⁉」

「そうでーす！」

俺の言葉に、みはるは満足そうに頷《うなず》いた。

「みはる、お料理作るの大好きなの」

「へーたいしたもんだなあ。これだけの料理が作れれば、すぐにお嫁にいってても困らないないな」

「えへ！」

　俺は本気で感心していた。

「しかし、すごい量だな」

「これは、運動部の人に食べてもらうの。みはるの料理すっごく人気でね、材料もみんな持ってきてくれるの！」

「なるほど！　お前は好きな料理の練習が出来て、みんなは美味い料理にありつけるってわけか」

「えへへ、その通り！」

　ぐうう－、と腹の音が鳴ってしまった。

「あ……はは……」

「お兄ちゃん、おなか空いてるの？　食べていく？」

「いいのか！　あ、でもみんなの分が……」

「大丈夫。たっくさんあるから、お兄ちゃんがいくら食べたって、なくならないって！」

「そ、そうか!?　だったら、ごちそうになろうかな」

「は－い、『みはる特製・ピリカラ印度《インド》カレ－』。市販のル－は使ってないんだよ」

　ほかほかご飯の上にたっぷりとル－のかかった超大盛りのカレ－ライスが置かれた。

「おおっ」

何を隠そうカレーは俺の大好物なんだ。このスパイシーな香りがたまらなく食欲をそそる。

「どうぞ召し上がれ」

「では。いただきまーすっ！」

適度なとろみのついたルーとご飯を軽く混ぜて口へ運ぶ。

「う、う……美味い！」

やっぱり、レトルトとは違うよ。

俺はあまりの美味さに、がつがつと無我夢中で食べた。

思えば、慣れない一人暮らしで、最近はろくなものを食べてなかった。

「あー食った食った！　ごちそうさま」

「お兄ちゃんて、ホント美味しそうに食べてくれるんだもん！　みはるも、見てて嬉しくなっちゃった！」

「手料理を食べたのは久しぶりだぁ。やっぱ料理の上手な女の子はいいね」

「また食べに来て！　今度はもっとおいしいの食べさせてあげる！」

みはるもにこにこと嬉しそうに笑っている。

腹が満たされたところで俺は当初の目的を思い出した。

演劇部。部員。そうだ!!

「みはるっ、お前部活は？」

「入ってないの。お料理部がないんだもん。みはるが作ろうかなぁ」

「だったら、演劇部に入らないか？」

「え、演劇部？」

俺はこれまでの事情を説明した。

「ふうん、わかった。いいよ！　みはる、演劇部に入ってあげる！」

「本当か？」

あまりにも簡単な返事に俺は拍子抜けした。

「うん。なんかおもしろそうだし。あ、みはるお裁縫も得意なんだよ。衣装とか作ってあげる」

だ、大丈夫かな。

あまりにも脳天気な感じのみはるに俺は一抹の不安を覚えたが、まあこの際贅沢《ぜいたく》は言っていられない。

「じゃあ、演劇部の部室で待ってるからな」

「うん。じゃあね」

何はともあれ、一人は決まった。

しかしまだ後三人の部員を見つけなきゃならないんだ。

相変わらず、声を掛けては断られながら礼法室の前を通りがかると、中から風流な音楽が漏れ聞こえてきた。

琴の音か？　珍しいな……。

俺は興味をそそられてそっと覗《のぞ》いてみた。

畳敷きの教室の中で少女が一人、制服姿のままで日本舞踊を踊っていた。

少し膝《ひざ》を落として、首を傾げ、花に見立てた扇子を胸に抱き彼方へ視線を投げる。

洗練された動き、みやびやかな物腰。

俺が伝統美のあでやかさに目を奪われていると、少女が右手に持った扇子をゆっくりと動かしながらこちらに顔を向けた。

あ、あれは⁉

まるで花の化身のように、優美に踊っていた少女は香澄だった。

正直、驚いた。

今の香澄に、このあいだのようなおどおどとした態度はみじんもない。

それどころか、凛《りん》と背筋を伸ばし、艶《つや》やかな微笑《ほほえ》みさえ浮かべて舞っているのだ。

「ノゾキ！　ノゾキ！」

方不敗

「うわっ」

あの水色のインコが俺の頭をつついた。

「ミルフィーユ？　あ、秋津先生⁉　キャ……！」

香澄は、俺の顔を見て驚いたのか、バランスを崩したのか畳の上で大きくこけた。

「お、おい！　だ、大丈夫か‼」

慌てて助け起こしてやる。

「す、すみません！　すみません」

真っ赤になって、恥ずかしそうに座り込んでいる。

「踊り上手いなあ、どこでならったんだ？」

「あ、わたくしの家は、日本舞踊の宗家なんです……」

「へーどうりで、じゃあゆくゆくは家元か」

「そんな、わたくしにはとても……」

「なんでだ？　あんなに上手なのに」

「……上手……でしたか？」

「ああ、とっても優雅で綺麗な踊りだったぞ」

香澄は顔を赤くしたまま、小さな声でぽつりぽつりと話し始めた。

「……でも、わたくし……全然、上達しなくて……父や母にはお弟子さんに恥ずかしいってしかられてばかりで……」

俺は、座り込んだままの香澄の横にあぐらをかいた。

「しかられないように、しっかりと踊らなくちゃ……そう思うたびに、手足が……どんどん動かなくなってきてしまって……怖くなって……いつのまにか……人前では、踊れなくなってしまったんです……」

「………」

必死に言葉を紡ぐ香澄、俺は黙って聞いていた。

「……踊ることは好きなんです……けど……けど、今では、このミルフィーユの前で踊るのが……精一杯……」

家族の過剰な期待が、香澄には重すぎたのか。

あんなに、美しく踊れるのに……。

「ピキュピキュ、カスミ、カスミ」

「ミルフィーユは……わたくしの踊りが好きみたいで……」

香澄が手を伸ばすとミルフィーユはすぐにそこへ止まり羽を休めた。

「ミルフィーユはわたくしにとって唯一の友達なんです」

「ピー……」

「……でも、他にも友達が欲しいだろ」

「え……は、はい。それは……でも……わたくしなんか……」

「もっと自分に自信を持つんだ、香澄！　踊りだって、友達だって、お前がほんの少し勇気を出せば……」

俺は最後まで言い切れなかった。

口で言うのは簡単だ。だがこんな状態の香澄に、ただ勇気を持てといったところで、また重荷が増えるだけなんじゃないだろうか。

何かいい方法は……。

「勇気……」

香澄だって変わりたいとは思っているんだ。

一人でもいい、みはるの様に元気な友達ができれば…………そうだ。

「なあ、香澄、演劇部に入らないか？」

「……演劇部、ですか？」

「俺が顧問やってるんだけど、部員が足りなくて今探しているんだ」

「え……でも」

「どうかな。俺に力を貸してくれないか？」

「……力なんて……わたくし……」

「香澄と同級生の子もいるし」

「あ……の…………少し、考えさせてください」

香澄はそう言って一礼すると礼法室から出ていった。

香澄の力になってやりたい。

このまま、友達の一人もいないままなんて寂しすぎるじゃないか。

もっと、もっと楽しい学校生活を送らせてやりたい。


「お兄ちゃーん、来たよー！」

元気な声と共にみはるが演劇部に現れた。

「お、来たな」

「えっと、玉川みはるです。よろしくおねがいします」

「青葉麻衣子です。こちらこそ、よろしくね。玉川さん」

「みはるって呼んでください。麻衣子お姉ちゃん」

「まあ」

麻衣子とみはるはすぐに意気投合したようだ。

物珍しそうに部室の中をきょろきょろしているみはるに、麻衣子がいろいろと説明をしたりしている。

麻衣子の声も幾分弾んでいるようだ。

コンコン。

控えめなノックの後、部室のドアが静かに開いた。

「……あ、あの……演劇部はこちらで……」

香澄がミルフィーユと一緒にやってきた。

「香澄！」

「あの……わたくし、入部を……させていただこうと……」

消え入りそうな小さな声だがはっきりと香澄は言った。

「よく来たな。まず、最初の勇気が出せたじゃないか」

「……はい……」

「みんな、三人目の部員だ。綾瀬香澄くん」

「……よろしく……おねがいします……」

「よろしく、青葉麻衣子です」

「玉川みはるです。よろしくね、香澄ちゃん。ところでその鳥は？」

「……あ、ミルフィーユです」

「香澄ちゃんのペット？」

「ペットイウナ、トモダチだ」

「わあっしゃべったぁ、可愛いー」

みはるの勢いのよさに香澄の目はぱちくりしていたが、嬉しそうだ。

「あの先生、演劇コンクールのことは……」

麻衣子が心配そうに言った。

「そういえば、まだ説明してなかったな」

そうだ、ただ入部してもらえば済むことじゃなかったんだ。

俺は二人に、間近に迫った演劇コンクールへ出場することを説明した。

「えー二十一日!?　もうすぐじゃない」

「あ……」

二人ともかなり不安そうだ。経験者でもないのに、こんな短期間で舞台に立てと言われたら、不安にならない方がおかしいよな。

「私も一生懸命教えるから、ね、お願い。力を貸して欲しいの」

「……はい……」

麻衣子の必死な様子に二人も心を決めたようだ。

「ありがとう」

「よし。とにかく時間がないのは確かだからな、早速稽古を始めよう」

「はい！」

四月十一日　土曜日

「おはようございまーす」

昨日一気に部員が二人も増えたおかげで、朝から気分がよい。

「あ、弥生先生！　昨日二名入部が決定しましたよ」

「あ、そうですか、よかったですね……」

「はい……」

あれ、もっと喜んでくれると思ったのに。

「どうかしましたか？　元気ないですね」

「い、いえ……。あの、秋津先生、今日お暇でしたら飲みに行きませんか？」

「え！　飲みにですか」

「何か、ご用事が」

「いえいえ、用事なんてありませんっ。もちろんＯＫですよ」

「じゃ、待ち合わせなどは、また後で……」

と言って、弥生先生はそそくさと授業に行ってしまった。

嬉しいけど、なんだか態度がおかしい気がする。

実は俺に気があって、愛の告白とか……やめよう後でむなしくなるだけだ。

授業も終わったので、俺はまず部室に麻衣子たちの様子を見に行くことにした。

「やってるか？」

とドアを開けると、全員、体操服姿で床に座り脚を広げていた。

「な、なにしてんだ？」

「柔軟体操です。いい演技をするには身体づくりも大切なんです。はい、次は腹筋三十回よ」

「えー」

みはるは文句を言いながら、香澄は淡々と麻衣子に従って稽古をこなしているようだ。

「じゃあ、俺は部員探しをしてくるからな」

「はい。お願いします」

麻衣子がしっかりとしているから、部活動の方は任せておいて大丈夫だろう。

さ、俺も頑張るぞ。


麻衣子たちに触発されて、一層張り切ったにもかかわらず、一人も見つからないまま、俺は弥生先生との待ち合わせに向かった。

「すみません、お待たせしました」

弥生先生は一足早くついていたようだ。

「いいえ、私もさっき来たところですから。あの、どこにしましょうか？　私のたまに行くお店でもいいですか？」

「ええ、おまかせします」

俺はちょっとほっとした。

大衆安居酒屋しか知らないから、実はどこへ行こうか悩んでいたんだ。

弥生先生が案内してくれた店は、繁華街の中程の雑居ビルの中にあった。

ちょっと小綺麗で女の人が好きそうな感じの居酒屋だ。

「乾杯!!　お疲れさまです」

「お疲れさま」

まずはお互いにビールで乾杯した。

クーッと一息に飲みほしグラスをあける。仕事の後のいっぱいは美味い！

「どうぞ」

弥生先生がすぐに酌をしてくれた。

「すみません。いいですよ、気を使わなくて」

「ふふ、秋津先生、結構お酒は強いんですか？」

「ビールだと結構飲みますね」

「あ、教頭先生がそのうち私たちの歓迎会を開いてくれるっておっしゃってましたよ」

「そうですか？　僕にはそんなこと一言も……」

「秋津先生は、演劇部の部員探しでほとんど職員室にいらっしゃらないからじゃありませんか」

「はは、そうですね」

結局、話は演劇部のことになった。

「正直言ってこんなに大変だとは思いませんでしたよ」

「……そうですか」

「あと二人は見つけないと、時間もないですし……あ、すみません。弥生先生にはいつもグチばっかり聞かせちゃって」

「い、いえ……そんな……」

「なんだかんだ言っても、やるしかありませんからね、頑張りますよ！」

といって俺は、笑顔を作った。

「……秋津先生……あの……」

「はい？」

「私を……演劇部に私を入部させてください！」

「えっ、先生を、ですか？？」

「……私……実は、聖蘭の出身で演劇部だったんです」

「え!?」

「私……先生になって、聖蘭でまた教え子と演劇をするのが夢で……でも、演劇部はこんな状態になっているし、演劇部の顧問は秋津先生になってしまうし……」

彼女は演劇部の状態を知って、すぐに自分の力で何とかしたいと思い、教頭に顧問を申し出たが断られてしまったそうだ。

きっと教頭としては演劇部の廃部はほぼ決定していたから、思い入れのある弥生先生にまかすのは忍びなかったんだろう。

「お願いです……秋津先生！」

「で、でも、先生が部員になるなんて」

「それは大丈夫です！　この学園では、時間にゆとりのある先生は、部活動に参加できるんです。私も演劇部の力になりたいんです！」

弥生先生の目にはうっすらと涙が浮かんでいる。

「わかりました。そういうことなら、ぜひお願いします」

「いいんですか？」

「もちろんです！　俺は顧問とはいえ演劇は素人ですし、弥生先生が入ってくれれば心強いです」

「よかった」

「一緒に頑張りましょう、弥生先生！」

「はい！」

俺たちは力強く握手をして、これからの演劇部のためにもう一度乾杯をした。

それから、弥生先生の聖蘭時代の話や舞台の話などを聞いた。

普段はどちらかと言うと大人しめな彼女だが、演劇部に復帰できる喜びや酒の力も手伝ってか、かなりの饒舌《じょうぜつ》だった。

俺も恥ずかしながら教育論などを熱く語って盛り上がった。


店を出る頃にはだいぶ酔っぱらっていた俺たちは、そのままふらふらと繁華街を歩いていた。

いつの間にか、ラブホテルの多い通りに来ていた。

カップルが何組か寄り添ってホテルへ入っていくのを見て俺は、

「先生、俺たちも泊っていきますかあ」

と言った。

もちろん冗談で言ったんだけど、弥生先生は俺の手をきゅっと握って「はい」と答えた。


「んんっ……ん………」

弥生先生は俺の股間《こかん》にひざまずいて、俺のモノをそのくちびるいっぱいに含んでいた。

「うんっ……」

悩ましい声を漏らしながら、熱い舌で俺のモノを舐《な》め上げている。

俺は奇妙な征服欲を満たされながら、彼女の愛撫《あいぶ》に身をゆだねていた。

「はふっ……」

顔を動かすたびに、彼女の柔らかな髪が内股《うちまた》をくすぐる。

「あっん……んっ……」

彼女はおれの先端に舌をはわせたかと思うと、再びのどの奥まですっぽりと包み込んだ。

日頃の清純な姿からは想像のできない、淫蕩《いんとう》でたくみなテクニックに俺は夢中になっていった。

「すごい、上手ですよ……弥生先生」

「ん……」

俺の言葉に気をよくしたのか、ますます熱心に奉仕してくれる。

ぴちゃぴちゃとみだらな音が一層大きくなっていく。

「……先生……気持ち……いいですか？」

「ああ……」

「嬉しい……うんっんっ……」

目を細めてキャンディーを舐めるように美味しそうにほおばっている。

添えていた指も使って刺激をされると、俺のモノはますます硬直していく。

カリのくびれを指で優しくなぞる。

「くっ……ああ……」

俺は思わず声を上げてしまった。

「……また、大きくなった。……うふふ、ここがいいんですね」

ポイントをつかんだのか嬉しそうにそこを責めてくる。

むき出しの粘膜と粘膜が絡み合う。

柔らかくなめらかな舌の感触と、時折かすめていく爪《つめ》の刺激。

俺のモノにくちびるを寄せ、上目遣いに見つめてくる視線。

「ううっ……」

俺のモノはもう完全にいきりたっていた。

イキたいっ！

俺はたまらず、

「弥生先生……このまま口でっ」

と彼女の頭を押さえ込んだ。

「んんっ……」

口をすぼめ、喉《のど》の奥深くまで俺をくわえた彼女の顔が、苦しそうにゆがんだ。

「うう…………っ……」

弥生先生の頭を押さえつけて、俺は彼女の口の中にどくどくと精を解き放った。

彼女は俺の放った精をすべて受け止めて、こくりと音を立てて飲み込んでくれた。

「ん……はあ……」

舌を使って俺のモノも綺麗に後始末をしてくれる。

「……秋津先生……」

弥生先生は潤んだ瞳で俺を見つめて、俺の手を取りそっと自分の秘処に導いた。

そこは布越しにもわかるほどに濡《ぬ》れていた。

俺のモノを舐めながら感じていたのか。

そう思うと俺はイッたばかりだというのに、ふたたび下半身に熱いうずきを感じた。

「……先生……して……」

まだ酔いが残っているのか、情欲のためか弥生先生の目元はピンクに染まっている。

俺は彼女をスプリングの効いたベッドに押し倒し、ブラウスのボタンを外して前をはだけさせると、そのままブラジャーをずり上げた。

「あ……」

柔らかそうな胸がさらけだされた。

「……綺麗だ」

俺は両手でたっぷりとした白い胸を揉《も》みしだいた。

「あ……あぁぁ……」

弥生先生はうっとりとした表情を浮かべている。

ピンと立ってきた乳首に顔を寄せて口に含む。

「アッ………」

片方の乳房を揉みながら、もう片方の乳首を吸っていく。

舌の先で転がして、弾《はじ》くように弄《もてあそ》んでやる。

「あっあっ……先生っ……ああ、おっぱいが、おっぱいが……」

と、切ない喘《あえ》ぎ声を上げ始めた。

「おっぱいがどうした？」

耳元で囁《ささや》いてやる。

「ああ……おっぱいが、気持ち……いいんです……」

「もっと、して欲しい？」

こくんと素直に頷く。

「言ってごらん。どうして欲しい？」

「……おっぱい……舐めて……」

と恥ずかしそうに言った
「あっあっあっ………」

リクエスト通りに乳首をたっぷり可愛がってやりながら、パンティーを脱がせにかかった。

外見が大人しめな人の方が下着は派手だというとおり、弥生先生は横が紐《ひも》で縛ってあるパンティーをはいていた。

色はブラとお揃《そろ》いのラベンダー。

紐は簡単にほどけ、黒々とした茂みが現れる。

「いやらしいんですね、こんなパンティーをはいているなんて」

「そんな……普通です……」

「そうですか？　でも、ほら、もうこんなになってますよ」

「あっ……」

そっと手をはわせただけで身体が跳ねるように反応する。

「こんなになって、いやらしい人ですね」

「あ、ああ……いや……」

弥生先生はかなり感じやすいようだ。

さっきよりもぐちょぐちょになっている。

「アッ……先生っ……」

俺は彼女の足を大きく押し広げ、下腹部をあらわにした。

「綺麗だよ……弥生……」

そう言いながら、すっかり開ききった花びらに顔を押しつけた。

「あっあ……」

彼女は身体を震わせてのけぞった。

たっぷりと蜜《みつ》を滴らせている花びらを思う存分味わう。

ピチャピチャと淫《みだ》らな音をたてながら舐めまわし、十分に潤った花芯《かしん》に指を入れた。

「……んんっ……あ……」

先生の内襞は熱く、俺の指をぎゅうぎゅうと締め付けてくる。

「ああーーーっ……」

次はこりこりとしこっている蕾《つぼみ》を、舌の先で優しく舐め上げてやる。

「あっあっあっ……そこっ……いいっ……」

先生は激しく顔を左右に振って、快感をやり過ごそうとしているようだ。

「……ああ……あぁ……先生……」

甘い喘ぎはとめどなく漏れる。

「先生……来てっ……もうっ……」

先生は潤んだ瞳で俺をじっと見つめて言った。

俺は先生の足を高々と抱え上げて、先端を花芯に押しあてた。

「あっあああああっーーー……」

彼女はひときわ高い嬌声《きょうせい》を上げた。

「あん……あぁ……」

ぐっと腰を押しつけると、十分すぎるほど濡れていたために、何の抵抗もなく彼女の奥へと飲み込まれていく。

「はあ、あ……ぜ、全部……入ったの？」

「ああ……入ったよ、ほら」

ゆっくりと動き始めると、先生はすぐに身体をのけぞらして、俺のモノを締め付けてきた。

「く……」

「ああん……すごい……大きい……っ」

彼女の乱れる様を見ながら、さらにぐいっと根元まで埋め込んでいく。

「あんっ……深い……先生のが、こんな深くまで……あ、あぁっ……」

悩ましげに腰を揺すり、快感をむさぼっていく。

「ねえっ……奥までっ……突いてっ……あ、ああっ……もっと……」

俺は望まれるまま、腰を突き上げた。

「ふぁぁぁっ！　ああ……気持ち……いいっ…………」

「ああ、俺も……」

「……あっ……あぁぁ、熱くて……身体が……私っ……」

弥生先生はうわごとのように、甘いうめきをもらした。

「あっあっあっ……ああぁーーーっ」

俺は放出に向かって、一気に腰の動きを速めた。

「くっ……で、でるっ……」

彼女の腰を引き寄せながら、俺は熟れきった花芯の奥深くへ精を放った。

「あ、ああ……い、いくぅ……あっ……いっちゃうーーーっ！」

弥生先生は感極まった喘ぎ声を上げて、一瞬身体をぴんとのけぞらせて、絶頂を迎えた。

四月十二日　日曜日

結局、朝帰りしてしまった俺は、なんだかふわふわした心地のまま、ひとまずベッドに入った。

夕べの名残がまだ身体に残っている。

目を閉じると、弥生先生のあの柔らかく熱い肌の感触がよみがえってくるようだ。

それにしても、弥生先生があんなに大胆だなんて想像もしていなかった。

そのまま午後まで、うつらうつらとしていた俺は、しつこいチャイムの音に起こされた。

ピンポーンピンポーンピンポーン。

新聞の勧誘か？

ピンポーンピンポーンピポピポピポピンポーン。

あーもう、うるさいな。

「はいはい、なんですか？」

「お兄ちゃん！」

ドアを開けると、そこにはスーパーの袋を抱えたみはるが立っていた。

「ど、どうしたんだ？」

「どうしたじゃないよ、部活に来ないから風邪でもひいてるのかなと思って、様子を見に来たのに。でもどうやら、ただの寝坊みたいね」

と、俺のぼさぼさの頭を見て笑った。そうだった。コンクールまで時間がないから、土日も練習することになっていたんだった。

「大丈夫。みはる、麻衣子お姉ちゃんには内緒にしておいてあげるから」

「はは」

「じゃ、おじゃましまーす」

「って、おい。みはる」

みはるは勝手に上がり込むと、すぐさま冷蔵庫を開けた。

「あーあ、納豆とビールしかないじゃない」

「何してんだ？」

「何って、みはる、お兄ちゃんに美味しいモノ作ってあげようと思って。ほら、材料買ってきたんだよ」

鞄の中から持参のエプロンを出して、キッチンに立つ。

「すぐに作るからねー」

その言葉通り、みはるは包丁を握ると手早く下ごしらえをし、一段落すると今度は部屋の掃除まで始めた。

部屋の中をくるくると動き回りあっという間に、綺麗にしていく。

俺は掃除のじゃまだと追いやられたベッドの上で、みはるの手際のよさにただ感心していた。

そして小一時間もしないうちに、俺の部屋は、炊きたてのご飯と芳しい料理の香りで満たされた。

「はーい、お待たせー」

みはるはテーブルをさっと拭いて次々と料理を並べていく。

この間はカレーをごちそうになったが、今回は和食が中心だ。

豆腐とワカメのオーソドックスなみそ汁に、鮭の炊き込みご飯、カボチャのそぼろあんかけ、キャベツの煮浸しに、豚肉とピーマンの炒め物、ワカメと大根のサラダ。

まあ短い時間によくこんなに作れたもんだと感心する。

俺がテーブルにつくと、みはるはビールを運んできた。

「はいどうぞ」

「あ、ああ」

グラスも冷蔵庫で冷やしておいたらしく冷えている。

まさに至れり尽くせりだ。

「えへ。さ、召し上がれ」

「おう、いただきます！」

「ふうー、食った食った。みはる、おいしかったぞ」

「おそまつさまでした。いつもろくなもん食べてないんでしょ、お兄ちゃん。冷蔵庫の中、納豆とビールしか入ってないなんて、みはる、心配だよ」

「大丈夫、大丈夫、納豆は身体にいいんだぞ。それより、部活の方はどうだ？」

「うん」

食後のお茶を入れながら、みはるが話し始めた。

「お芝居って見るのとやるのじゃ、大違いね。麻衣子お姉ちゃんはすごい素敵にできるのに、みはるは全然だめ。一生懸命真似《まね》してもどこか違うの」

「そりゃ、みはるが麻衣子の真似をしたってだめだろう」

「ひどーい。どうせ麻衣子お姉ちゃんには、およびませんよーだ」

みはるが口をとがらせる。

「そうじゃなくて、麻衣子は麻衣子の、みはるにはみはるの個性があるだろ。ただ麻衣子の真似をしてもしかたがないっていうことさ」

「そっか……あ、あのね、お芝居の練習でエチュードっていうのやったの。設定を決めてね、即興のお芝居するの。お兄ちゃん一緒にやろ」

「え、ここで？」

「うん。お稽古つき合って」

「しょうがないな」

「みはるが設定決めるね。うーんと二人は新婚さんで、ダンナさまの帰りを待ってるところ！」

「おいおい……」

それじゃ、ままごとだろうとは口が裂けても言えなかった。

「……じゃあ、スタート！」


「お帰りなさい、あなた」

みはるは嬉々としてエチュードを始めた。

「あ、ああ……」

「今日も一日、お疲れさまでした。すぐお食事にしますか？」

「いや、飯は食ってきたから」

「まあ、電話の一本くらいしてくれればよかったのに」

「あ、ごめん」

「じゃ、お茶入れますね」

エチュードってこういうのか？

疑問を持ちながらも、俺は真剣にやっているみはるにつき合うしかなかった。

「はい、あ・な・た」

みはるはすっかり、新妻役になりきっている。

「ん、ありがとう」

ずずっとお茶をすする俺。

「ね、あなた、私のこと愛してる？」

ぶーっ。

俺は思わずお茶を吹き出してしまった
「な、な、なに言ってんだ？」

「愛してるの、愛してないの？」

そう来たか。

よし、ここは一発、俺の演技力を見せてやる。

「愛しているに決まってるだろ。初めて会ったとき君に心を奪われてから、俺には君しかいないんだ」

うーん、我ながら歯の浮くセリフだなあ。

「みはるも！　みはるもお兄ちゃんが大好き」

顔を真っ赤にしたみはるが、いきなり抱きついてきた。

「え、ええっ。み、みはる、今のはエチュードで……」

「みはるを……みはるを、お兄ちゃんのお嫁さんにして」

「ちょ、ちょっと待て、みはる落ち着けって」

「お嫁さんが無理なら……みはるの初めての人になって……」

こ、この子は自分が何を言っているのかわかってんのか。

「みはる……あのな、そういうことはもっと大人になってから……」

「お友達もみんな処女じゃないんだもん。みはるも早く大人になりたいの」

「み、みはるー」

「だからみはるとエッチして、お兄ちゃん……」

「本当に好きな人ができるまで大切にしろって」

「今、大人になりたいの。みはるが今一番好きなのはお兄ちゃんなんだもん。お兄ちゃんにして欲しいの！」

じっと真剣に俺を見つめてくる。

「ほら、今日は勝負下着も着てきたんだよ」

そう言ってみはるはいきなり服を捲《まく》り上げた。

「みっ、みはるっ、こら」

「ね、可愛いでしょ」

勝負下着というだけあって、確かに高級そうなレースのブラに包まれた胸を俺に見せつけてくる。

「おねがい、お兄ちゃん」

「俺を困らせないでくれよ」

「……わかった」

俺がほっとするまもなく、みはるはすっくと立ち上がると、

「お兄ちゃんがしてくれないのなら、みはるこのまま外に出て、最初に会った見も知らない男の人にエッチしてもらうから！」

と、無茶苦茶を言い始めた。

「おいおい」

「お兄ちゃん、みはるのこと嫌いなの？」

「嫌いなわけないだろ。だけどそれとこれとは」

「…………」

そ、そんな目で見つめられても……。

「それに、教え子に手を出したりしたら……」

「みはる、誰にも言わないから」

「で、でも……な」

みはるは、俺の内股にそっと手を置いた。

「二人だけの秘密にしよ……ね……」

何で処女のくせに、こんなに誘惑が上手いんだ。

俺の理性は相変わらず危険信号を送っていたが、本能が……本能が……。

「……本当に、誰にも言うなよ」

「……うん……」


ベッドに座ると、さっきまでの勢いはどこへやら、みはるはすっかり大人しくなってしまった。

かなり緊張しているようで、顔を赤らめて固まっている。

初めてなら無理もないか。

「みはる」

「は、はい！」

「お前、まったく経験ないのか？」

「う、うん」

「どういうことをするのか、わかってるのか？」

後でもめごとになるのは勘弁だからな。

「んと……それは、大丈夫。えっと、まずキスして、男の人が女の人にクンニリングスして、女の人がフェラチオして、それからセックスするの」

おいおい、なんだそりゃ……。

思わず笑ってしまった。

「みはる、ちゃんと雑誌のセックス特集とかで勉強したんだよ。間違ってる？」

俺に一笑されたみはるは少し不安そうに言った。

はあ、中途半端な耳年増だな。

「キスは、したことあるのか？」

「うん……」

お父さんとだのお母さんとだの犬だの猫だの言うんじゃないだろうな……。

「一回だけ、先輩と……」

「そうか。ディープキスか？」

ううんと首を振る。

「じゃあ、ディープキスから教えてやるよ」

そう言って、俺はみはるを抱き寄せると、くちびるを重ねた。

「んっ……………」

みはるの無防備なくちびるの隙間《すきま》から、そっと舌を差し入れて絡ませる。

「んん……ふ……」

みはるはどう反応していいのかわからないようで、ただ息を詰めてじっと耐えている。

「はあっ……」

十分に味わってから小さなくちびるを解放してやる。

「これが大人のキスだ」

すっかり息の上がったみはるは、ぼうっとしながら自分のくちびるを指でなぞっている。

「……大人のキスしたんだ、みはる」

すこし、嬉しそうにつぶやく。

「服を脱いで……」

「うん」

みはるは素直に制服を脱ぎ始めた。

ブラを外したところで、ベッドに押し倒した。

「きゃ……」

そのまま覆い被さり、優しく胸を触る。

みはるは身体を堅くしたまま震えている。

その姿が痛々しく見えて、俺は手を止めた。

「やっぱり、やめよう、な」

「やだ。やめちゃダメ」

「急いで大人にならなくたって、いいじゃないか」

「……大人になりたいの。お願い、お兄ちゃん、して……」

泣き出しそうな顔をして、みはるは俺の手を取り自分の胸に導いた。

「みはる、お兄ちゃんの迷惑になるようなことはしない。後悔もしない」

とくとくと早いみはるの鼓動が俺に伝わってくる。

「お兄ちゃん……」

「みはる」

俺は精一杯優しくみはるの身体に触れていった。

「ひゃん………」

乳首を口に含み、ころころと転がすように舐めまわす。

「あ、ああん……くすぐったいよ……お兄ちゃん……」

みはるの下着をゆっくりと降ろしていき、ぴったりと閉じた花びらに舌をはわせる。

「あ……だ、だめ…そんなところ……汚いよお……」

「これがクンニリングスだよ……」

「ああ……あ……みはる、お兄ちゃんにクンニリングスされてるのね……」

「そうだ、どんな感じがする？」

「ん……くすぐったい……」

少し濡れてきた花心に指を入れてみた。

「いたいっ……」

さすがに処女だけあって指一本でもきつい。

「あっ……お兄ちゃん……」

俺は再びみはるの花びらに口をつけると、たっぷりと唾液《だえき》を送り込み、十分に濡らしてやった。

「みはる、いいか？」

「……う、うん」

俺はみはるの身体を抱え上げて、花芯に先端をあてがった。

「あう……痛いっ……お兄ちゃん……」

処女膜が、進入を拒んで押し返してくる。

俺のモノにも痛みが走るほどだ。

「うぅ……」

「みはる、やめるか？」

「はう……や、やめちゃ、だめ……」

みはるは瞳を潤ませながらも、首を振る。

バックのほうが楽かもしれないと思い、俺はみはるを四つん這《ば》いにさせた。

「恥ずかしいよ。お兄ちゃん」

俺は、後ろから覆い被さるともう一度挿入を試みた。

「ひっ……あっ……い、痛い、痛いっー……」

みはるは、あまりの痛さに涙をこぼしたが、決してやめてとは言わなかった。

「……や……やあ……痛いよ……お兄ちゃん……」

「くっ…」

「あうっ……い、いたぁい……うう…」

みはるのきつい締め付けに俺の方が余裕がなくなってきた。

「あっ……お兄ちゃん……」

「みはるの、ここ……気持ちいいぞ……」

「うう……っ……お、お兄ちゃん……!!」

俺はみはるの中で静かに動き始めた。

「……あ、くっ……はぅ……」

「うっ……」

最後に細い腰を押さえつけて、俺はみはるの奥深くへ熱い体液をそそぎ込んだ。


濡らしたタオルで後始末をしてやる。やはり少し出血をしている。

「大丈夫か、みはる」

「……すごく、痛かった……」

涙目になっている。

「でも、これでみはる大人になったんだよね」

「あ、ああ」

「ありがと、お兄ちゃん」

みはるは嬉しそうに笑って、裸のまま抱きついてきた。

「こ、こら。早く服を着ろ」

「えへ♪」

第三章　五人目のメンバー

四月十三日　月曜日

ふぁーーー、と大きなあくびをしながら俺は渋めに入れてもらった緑茶をすすった。

なんだか週末の疲れが残っている。

土曜日に弥生先生と、日曜日にみはると、立て続けにエッチしたなんて、俺にしてみれば盆と正月が一緒に来たってな感じだ。

そういえば、みはるのやつ大丈夫かな。

秘密にするからとか言ってたけど「みはるね、先生としちゃったー！」なんて友達に言ってないだろうなあ。

ああ、あり得そうで怖い。

「秋津先生、おはようございます」

頬杖《ほおづえ》をついて、ぼーっとしていた俺に向かって弥生先生がにっこりと微笑《ほほえ》んだ。

「お、おはようございます」

いつもと同じ挨拶《あいさつ》、いつもと同じ口調だが、微妙に何かが変わった気がするのは、一度、肌を合わせたからだろうか。

「あの……放課後、演劇部に行きますので、よろしくお願いします」

「はい！」

いつものように放課後になった途端、俺は部員探しを始めた。

あと一人あと一人。

が、これがなかなか見つからない。

俺はもう「誰か部員になってくれー」と屋上から叫びたいくらいだった。

「秋津先生？　どうしたの、そんなに目を血走らせちゃって……」

背後から声を掛けられ、振り向くと智がいた。

「ああ、お前か……」

「今、時間ある？」

バスケットボールをかざしてニコッと笑う。

「また勝負か？　懲りないやつだな」

あれから智は、俺に何度か１ＯＮ１を挑んできていた。

今のところは俺の全戦全勝。

「今日こそは、負けないから」

はっきり言って、時間はないのだが、いつでも受けて立つと言ったからには断れない。

ま、気分転換になるか。

「よし、やろう！」

俺たちはいつもの場所に向かった。

「おまたせ！」

バシッと決まったバスケのユニフォーム姿で智は現れた。

「お……」

タンクトップ型のユニフォームは、かなり大胆に体の線を露出している。

智は着やせするタイプらしく、今まで気づかなかったが、かなり肉感的な身体をしていた。

手足はすっきりと細いのに、胸がかなり大きい。ブラに締め付けられて苦しそうな感じすらするほどだ。

「どうかした？」

「い、いや」

「今までは制服で動きにくかったからね、それじゃ行くわよ！」

「おう」

智のボールからスタートだ。

ユニフォームが動きやすいのか、気合いが入っているのか、今日の智の動きは今までで一番よかった。

「くっ……」

さすがの俺も、なかなか思うように動けない。

シュッ。

「……はっ……」

智の執拗《しつよう》なディフェンスにバランスを崩しつつも、俺はダメもとでシュートを放った。

「よしっ!」

3対2。俺の勝ちだ。

「……ま、また負けた……」

智はがっくりと肩を落とした。

「今のはラッキーシュートだよ。まさか、入ると思わなかった」

「はあ、はあ……先生、強いね。認めるよ」

なぜか、智はすがすがしそうに笑った。

「そのユニフォーム、似合ってるな」

「……これ……昔、バスケ部に入ってた時のなんだ」

「………」

「あたしポイントゲッターで、優勝目指してすごく頑張ってたんだ。毎日、毎日、練習した。一人で特訓もした」

「そうか、頑張ってたんだな」

「でも、頑張って勝ちぬいた決勝戦の前日に……聞いちゃったの。チームメートがね、私のことといい気になってるって、一人でばかみたいって……みんなで笑ってた」

「…………」

「ずっと一緒にやってきたチームメートに、そんな風に思われてたなんて……なんかどうでもよくなっちゃって……結局……決勝戦はボロ負け……」

「智……」

なるべくクールに話そうとしている智が悲しく見えた。

「あんな思いするくらいなら……一人でいた方がまし……」

ポツリと漏らした。

智がバスケ部に入らず一人でいるのは、そういう理由があったのか。

精一杯強がっている智。

一人でいるのが好きなはずはない。

心の中ではやっぱり一緒に熱くなれる仲間が欲しいいんじゃないかと思う。

今の智は、どこか寂しそうだ。

「そのチームメート。智がうらやましかったんじゃないかな」

「……うらやましい？」

「ああ、本当は智のように頑張りたかったんだと思うよ」

「……………」

「でもそのときは、智を笑ってしまうことの方が楽だったんだよ」

「そんなのっ」

「ずるいよな、悲しいよな、そんなの。一緒に頑張ろうって一言、言ってくれればよかったのにな」

「……っ……」

俯《うつむ》いた智の肩が微かに震えていた。

「でもさ、お前がそんなに頑張れたのは仲間がいたからじゃないのか。自分のためだけじゃなくチームのために」

「…………」

「仲間がいる、仲間を信じるってことはすごい力を与えてくれる」

「先生……」

「なあ、智。もう一度、仲間を信じてみようぜ。これから一生誰も信じないで生きていくなんて、つらいだけだぞ」

「……」

「そうだ、俺が顧問をしている部に入らないか」

「先生が顧問？」

「ああ、お前なら、きっと活躍できると思う」

「………」

智は困惑した表情で考え込んでいる。

「じゃ、もう一勝負しないか。フリースローで先に外した方の負け。俺が勝ったら、智は俺の部に入部。智が勝ったら好きにすればいい」

「……うん、わかった」

まずは智から、ボールを持って深呼吸をする。

ゴールに集中して、投げる。

シュッ。

「ナイッシュ！」

俺の番だ。二、三度ボールをついてから、シュート。

シュッ。

うん。我ながら綺麗《きれい》に決まった。

智の二回目。

「………」

ゴール正面に立ち、慎重にボールを放つ。

シュッ。

「ナイス！」

再び俺の番だ。

絶対に、外さない。外せない。

俺は智にもう一度仲間を、友達を、信じられるようになって欲しいんだ。

ゴールを見つめて、息を止める。投げる。

「よしっ」

ザシュッ。

「三回目だな」

足下に転がってきたボールを智に渡す。

智は、無言でそのボールを受け取ると、すぐにシュート体勢に入った。

「…………」

ゴンッ。

智の三度目のシュートはゴールに弾《はじ》かれた。

ほんの少し、わざと外したように見えたのは、俺の気のせいか。

「……また、負けちゃった」

大きくひとつ息を吐いた後、智は前髪を掻《か》き上げ、俺に向かってにっこりと微笑んだ。

その眩《まぶ》しい笑顔は、一瞬俺から言葉を奪った。

「………………」

「ところで、何部？　テニス？　陸上？」

「あ……ああ。そういえば、言ってなかったか。俺は、演劇部の顧問なんだ」

「え、演劇部ぅ？」

智の声がひっくり返った。

「……あたし、てっきり運動部だと思ってた……」

俺は今までのいきさつを説明した。

「なーんだ結局、数あわせか……」

すべてを聞き終えた智は肩をすくめてつぶやいた。

「なに言ってんだ。今、演劇部にはおまえの力が必要なんだ。一緒にやってくれよ」

「わ、わかったわよ。約束は約束だからね」

俺の力説に、困惑した表情をしながらも智は承知してくれた。

さあ、これで五人目だ。

「やったあ、じゃさっそく演劇部へ行こう！」

「ちょ、ちょっと着替えくらいさせてよーーー先生っ」

俺は、あわてふためく智の手を引き部室へと急いだ。

「みんな、新しい部員！　仙川智くんだ！」

俺が、智を紹介すると、わっと歓声を上げて三人が駆け寄ってきた。

「よろしく。青葉麻衣子です」

「よろしくお願いします。みはるって呼んでね」

「あ……綾瀬香澄と申します……どうぞ、よろしくお願いします」

「あ、ども……」

個性的な面々に、さすがの智も少々面食らっているようだ。

「先生！　ついに、あと一人ですね」

麻衣子が言った。

「実は、最後のメンバーはもう見つかっているんだ！」

俺は余裕を見せて微笑んだ。

「えー、だれだれ⁉」

「きっと驚くぞ」

「驚く？」

コンコン。

「噂《うわさ》をすれば、来たみたいだぞ。どうぞ！」

「はい」

一同が見守る中、ドアが開き、弥生先生が入ってきた。

「今日から演劇部に入部することになった片倉弥生です。みなさん、よろしくね」

「弥生先生が、五人目の部員ですか⁉」

俺を振り返って麻衣子が言った。

「先生が部員になんて、なれるわけ？」

と、智が当然の疑問を口にした。

「規則上、問題ないわ。ただし、制約はあるけど」

「制約？」

「ええ、学生の大会には参加ができないの。でも今度の大会は一般参加だから出場できるのよ」

「その通り。しかも弥生先生は、元聖蘭演劇部、みんなの先輩だ。俺と違って演技指導もしてもらえるからな。心強いだろう」

「一緒に頑張りましょう！　みんな」

「はい！」

全員が満面の笑みで返事をした。

「これでようやく、五人そろったな！」

「秋津先生、本当にありがとうございました。でも、本当に大変なのはこれからですね」

麻衣子が顔を引き締めていった。

「ああ、そうだ」

「……わたくし……頑張ります」

「あは、なんだか……楽しくなりそう……」

「うん……やるしかないね」

「それじゃ、みんなで気合いを入れるぞ。

「気合い？」

「エイ、エイ、オーッ!!」

あれ、みんなしてくれない……。

「先生……それ、古い……」

「ははは」

まずは第一段階をクリアした。

だが、これからが本当のスタートだ。

必ず演劇部を優勝させなくては、麻衣子のために、みんなのために。

四月十四日　火曜日

コンクールまでちょうど後一週間。

忙しい日々が始まった。

まず脚本は「若草物語」に決定した。

以前にもやったことがあるので、衣装も小道具も揃《そろ》っているし、女性五人でもできる芝居だからだ。

配役もすぐに決まった。

しっかり者の長女メグを麻衣子、少年のように活発な次女ジョーを智、優しく物静かな三女ベスは香澄、そしておしゃまな四女エミイをみはる。弥生先生は母親のマーチ夫人役だ。

弥生先生は母親役にはまだ若すぎる気もするが、他の四人の配役はぴったりだと思う。

そして、今日からは朝練も始めることになった。

「アイウエオ、アエイオウ、アオウイエ」

「イエアオウ、ウオアイエ、エアオウイ」

「アエイウエオアオ、アオイウエオアオ」

俺が部室へ顔を出すと、弥生先生の指導で発声練習をしていた。

「お、やってるな？」

「おはようございまーす」

「続けて、続けて」

と俺は言った。

「はい。みんな、繰り返して」

「アイウエオ、アエイオウ、アオウイエ」

「イエアオウ、ウオアイエ、エアオウイ」

「アエイウエオアオ、アオイウエオアオ」

麻衣子はもちろん問題ない、智とみはるもなんとなく様になっているんだが、香澄はあまり声が出ていないようだ。

「大丈夫か、香澄」

「……はい……」

「カスミガンバレ、カスミガンバレ」

「……ありがとう、ミルフィーユ」

元々の声も小さいし、おとなしい性格だからな。

「あたしはさ、早口言葉が苦手だな」

と智が言った。

「ね、お兄ちゃんもやってみて。この高塀に竹立てかけたのは、竹たけ、あ、あれ？」

「この高塀に竹立てかけたのは、竹立てかけたかったから、竹立てかけたのです」

さすがに麻衣子はすらすらと言える。

「最初は口を大きく開けて、ゆっくり練習するといいのよ」

と弥生先生のアドバイス。

キンコンカンコーン。

「お、予鈴だ。じゃあみんなまた放課後に」

「はい！」


そして放課後。

俺は明日の小テストのプリントを用意していて、少し遅れてしまった。

近道するかと、裏庭へ出た。

ここを突っ切ると迂回《うかい》しなくていいから結構な時間短縮になる。

上履きのまま小走りに裏庭を抜けていると、茂みの向こうから香澄の声が聞こえてきた。

「……い……いえ、おかあさま……わたしにも……ありますわ…………わたしの……お荷物は……よその、人を……こ……怖がって……しまう……ことです……」

香澄は一人で懸命にセリフを読んでいた。

「香澄、こんなところでどうしたんだ？」

「あ……先生……」

「部室に行かないのか？」

「あの……わたくし……一人で練習を……」

そうか、香澄はまだ人前が苦手なんだ。

そんなところも役柄のベスにそっくりなんだが。

「わたくし……ダメなんです……みなさんに……ご迷惑ばかり……」

「香澄……」

どうやら、かなり落ち込んでいるようだ。

「カスミ、ガンバレ」

「ミルフィーユ……」

「大丈夫だよ。まだ始めたばかりじゃないか。よし、先生が少し練習につき合ってやるよ」

「……すみません」

「香澄は声が小さいから、まずは大きな声でセリフを読んでいこう」

「あ……」

「さっきのセリフでいいぞ」

「…………」

「どうした、香澄」

「……あ……の……はずかしくて……」

「俺の前で恥ずかしがってどうする。本番では、何百人もの観客の前で演技しなくちゃならないんだぞ」

「な、何百人……」

あんまり脅しても香澄の場合は逆効果かな。

「ま、まあ。だんだん慣れていこう。まずは、俺の前で恥ずかしがらずに大きな声を出すことからだ」

「は、はい……」

素直に頷《うなず》いて、香澄は台本を読み始めた。

「……いいえ、おかあさま……わたしにも……」

まさに蚊の鳴くような小さな声だ。これじゃあ目の前の人間だって聞き取れない。

「もっと大きな声を出せ、香澄」

「い……いいえ、おかあさま……わたしにも」

「もっと大きく、頑張れ！」

「いいえ、おかあさま！　わたしにもっ」

香澄は顔を真っ赤にしてやっと大きな声が出せた。

「香澄、できたじゃないか」

「………………」

香澄は放心状態なのか、ぴくりとも動かない。

「……か、香澄？　どうしたんだ？　しっかりしろ！」

次の瞬間、香澄は糸が切れた人形のように膝《ひざ》から崩れるように倒れてしまった。

「………………」

「香澄？」

身体から力が抜けきっている。

「タイヘンダ、カスミ！　カスミ!!」

「ミルフィーユ！　急いで、校医の先生を連れてきてくれ！」

「ピキュー！ー!!」

さっきまで赤かった顔から血の気が引き青ざめている。

呼吸を楽にしてやるためにスカーフを外し、制服の前を開けた。

確かブラも外した方がいいんだったよなと、俺は香澄の背中に腕を回しブラのホックを外そうとした。

「ん？」

上手く外れない。

仕方がないので、そのままブラを胸の上に押し上げることにした。

「……くっ……だめだ……」

「う……」

制服姿で胸だけあらわになった姿は、なんだかとても扇情的《せんじょうてき》でそそられてしまう。

香澄の胸は、高級な桃のように白くて、可愛い。

俺は、ほんの少し、香澄の胸に触れてみた。

きめ細かい肌は、しっとりとしていて柔らかい。

手のひらで包み込むとぷるんと震えた。

その感触に俺は我を忘れて、香澄の胸を揉《も》み続けた。

揺すり、摘み、回して、思うがままに形を変えていく膨らみを楽しんでいた。

ほんの少し色の濃くなっている乳首に指を当ててぐにっと歪《ゆが》ませたとき、

「あ……ん……」

香澄のくちびるから小さく吐息が漏れた。

目が薄っすらと開かれた。

「んん……」

まだ意識がはっきりしないのか、どこか夢を見ているようで焦点が合っていない。

「……だ、だいじょうぶか、香澄」

「秋津……先生……」

「ん？」

「先生の手……気持ちいいです……」

胸の上に置いたままだった俺の手に、香澄はそっと手を重ねてきた。

「香澄……」

「もっと……さすってください」

この行為をわかっているのか、それともただ介抱しているだけと思っているのかわからなかったが、俺は香澄の要求通りにした。

「……はあっ……」

「香澄……気持ちいいか？」

「はい……ああ……」

許しを得た俺の手は大胆になっていった。

両胸を同時につかみ柔らかく揉みしだいていく。

「あっ……せ、先生……」

血の気の引いていた頬が、いつのまにかバラ色に染まっていた。

「……ああ……ん……」

胸の谷間に顔を埋めると、香水の香りなのか、ボディソープの香りか甘いフローラルな匂《にお》いがした。

そのままくちびるをずらして乳首の先端をかすめるようにキスした。

「あっ」

と、香澄の身体が震えた。

感じてぷちんと立ってきた乳首を舌で弾くように舐《な》めていく。

「あっっあぁあっ……」

「香澄……どんな感じだ？　言ってみろ」

「……あ……くすぐったいです」

「くすぐったいだけか？」

「あの……胸の奥の方が……」

香澄はもじもじと小さな声で答える。

「奥の方がどうした？　ちゃんと言ってみろ」

俺はしつこく聞いた。

「……奥の方が……ジーンとして……います……」

「ここはどうだ？」

「あっ……あんっ」

俺は乳首だけをきゅっと吸い上げた。

「……へんな感じ……です……いままでこんなの……」

「今までこんな感じになったことはないのか？」

「はい……初めてです」

素直に答えるさまが可愛いくて、俺はまた愛撫《あいぶ》を続けた。

「……あ……ああ……」

香澄は小さく声を上げた。

「……あっ……熱い……熱い」

うわごとのように、繰り返し呟《つぶや》く。

香澄の顔は上気し、肌も紅潮してきた。

ずっと吸われている乳首も赤く色づいている。

「先生っ……身体が熱い、です……」

香澄は俺にぎゅううっと抱きついてきた。

「はぁ……」

微かに震えている。

香澄にはまだ理解のできない熱いうずきが、身体の中を駆けめぐっているのだろう。

「香澄、大丈夫だ」

「先生……優しいですね………」

そう言うと、香澄はそっと俺の顔を見た。

抱き合っていると、香澄の鼓動が伝わってくる。

それはとくとくと優しいリズムだった。

俺は香澄のパンティーに掛けていた手を、そっと離した。

香澄はまるっきり、俺を信頼して身体を預けているんだ。

俺は自分の欲望を押さえつけた。

「はあっ……」

火照った頬を恥ずかしそうに俺の胸にすり寄せる。

「……香澄」

俺はただ愛おしさだけがこみ上げてきて、香澄をぎゅっと抱きしめた。

「……先生?……」

香澄はまるで子供のような純粋な眼差しで俺を見ていた。

「あの……先生……もう……気分はよくなりましたけど……」

俺はやっと我に返った。

「先生?」

「あ……ご、ごめん」

乱れてしまった制服を直してやったところへ、ミルフィーユが戻ってきた。

「ピイイーー！　カスミ、カスミ」

その後ろから校医が走ってきた。

「はあ、はあ。……もう、なんなのこの鳥は？　で、倒れたってのは、あなた？」

「……あ、あの……もう、平気です……」

「ちょっと顔が赤いわね。一応、保健室に行きましょ」

「……で、でも部活が……」

「俺がみんなに伝えておくから、保健室へ行って来い」

「……先生が、そうおっしゃるなら…………」

「じゃ、行くわよ」

「はい……」

「ピキュ～♪」

「では……秋津先生……ま、また…………」

「ああ」

ミルフィーユと一緒に、しずしずと歩いていく香澄を見送った。

部活も終わり玄関を出ると、みはるが立っていた。

「お兄ちゃん♪」

「みはる、どうした?」

「ねえ、これから、先生の家に行ってもいい?」

「ま、まずいって……」

また日曜日のように迫られたら困る。

「えーなんでえ。いいじゃない。みはる最近お料理してないから、腕がにぶっちゃうよお」

「あ……料理作りに来るのか?」

「うん! あ、お兄ちゃんエッチなこと考えたんだぁ」

「ば、ばか」

「……いいよ。エッチもして……なーんて」

みはるがぎゅっと腕にしがみつく
「こら、まだ校内なんだから離れろ、みはる」

「校内じゃなきゃいいんだぁ」

とみはるに揚げ足を取れられた。

そうじゃなくてなと言いかけた時、

「あ、香澄ちゃーん」

校門の近くを歩いていた香澄に、みはるが声を掛けた。

「香澄、もう大丈夫か……」

「……はい」

「そうだ、香澄ちゃんも一緒にお兄ちゃんの家に行こうよ」

「先生のお宅に……」

「香澄ちゃん貧血なんだって？　みはる特製のレバニラ炒め作ってあげるよ。あ、レバーだめな人でも絶対に食べられるから」

「……あ、あの……ぜひ」

香澄がもじもじと答えているところへ智が通りかかった。

「何してんの、みんなで」

「あ、智ちゃん。あのね、これからお兄ちゃんの家に行くの」

「ふーん」

「智ちゃんも一緒に行く？」

「お、おい、また勝手に誘って」

「なぁに？　この子たちはよくて、あたしには来て欲しくないの？」

「そ、そんなこと言ってないだろ」

「おもしろそうじゃん、あたしも行く」

「おいおいーー」

　結局三人で俺の部屋に遊びに来ることになった。


「へー、結構綺麗にしてんじゃん」

と、智。

「……どんな部屋を想像してたんだよ」

「まあまあ、その辺に座って。お茶でも入れますねー」

　みはるは我が家のように仕切っている。

「ずいぶん、慣れてるのね。みはる」

「ああ、この間も遊びに来たからな」

「ふーん」

「な、なんだその目は……」

「べつにー」

「な、なんにもしてないからな、ほ、ほんとだぞ」

「慌てすぎ」

「う……」

智はじろっと俺のことをにらんだ。

なんだか、すべてを悟られているような……。

「……あの……」

「ん？　どうした香澄」

「あの、変わった車寄せ……ですね……ここ」

……車寄せって。

智とみはるも目を見合わせている。

「…………」

香澄がお嬢様だということはわかっていたが、どうも予想より遥かにすごい家のお嬢様らしい。

いまどき、車寄せなんて、一体どんな家に住んでいるんだろう。興味がわく。

「あのな、香澄、狭いけどここが俺の家なんだよ」

「ビンボーニン、ビンボーニン」

「あ……ご、ごめんなさい……」

「はは、いいんだよ。確かに狭いからな」

「……ええ」

がっくり。

ま、まあ広くはないんだけどね、男の一人暮らしだし、社会人一年生で給料もあんまり期待できないし、どうせ貧乏人だし……。

と暗い気持ちになっていたら、

「ね、秋津先生は何で先生になったの？　他になりたい職業ってあった？」

智がフォローを入れてくれた。

うーん、いいやつだ。

「他になりたかった職業か……」

「小さい頃からずっと、先生になりたかった？」

「まあ、小さい頃は他にもいろいろあったよ。先生になりたいなと思ったのは、高校でかな。俺は学校が大好きなんだよ」

「学校が⁉」

「そう、本当は卒業なんてしないでずっと、ずっと高校生でいたかったんだ。けど、そういうわけにもいかないだろ。で、考えたんだよ。先生になればずっと学校にいられるからな」

「そんなに学校が好きなの？」

みんな、信じられないといった顔をする。

「ああ、勉強は嫌いだけどな。友達がいっぱいいて楽しくて大好きだった。まあ、俺だけ先生になっても同級生の友達は誰もいないけど、今はお前たちがいるからな」

「……わたくしたちが……」

「お前たちは今、早く卒業したいなんて思ってるかもしれないけど。社会に出たらここが懐かしくなるぞ、きっとな……」

「そうかなあ」

「俺はお前たちに、あの時はよかったなって笑顔で思い出せるような学生生活を送らせてやりたいんだ」

だから、今回の演劇部の件には関われてよかったと思っている。

麻衣子があんなに頑張っているのに学園の都合で廃部になんてして、彼女の大切なモノを奪うことを見過ごしたくなかったからな。

「ねーねー、なんで国語の先生になったの？」

とみはるが言った。

「ん？」

「あ、あたしも先生は体育の教師のほうが、向いてると思う」

「……そうか。実は、俺の膝は壊れてててな。使い物にならないんだ」

「え⁉」

「俺は高校の時までいろんなスポーツをしていてな。自分で言うのもなんだが、どれもかなりの線までいってたんだ。そしてあれは陸上でインターハイ出場が決定した翌日のことだった」

二人とも、真剣に聞いている。

「俺はいつもの練習コースを走っていた。途中から酷《ひど》い雨が降ってきたから、店の軒先で雨宿りしていたんだ。そのとき子犬が一匹通りに出ていった。そこへトラックがつっこんできたんだ。俺は考えるまもなく飛び出して、犬を助けようとしてトラックに……」

「……っ……」

「気がついたら病院のベッドの上、幸い命に別状はなっかたし、子犬も助かったんだけど……膝下の骨と神経に傷がついちまってな……リハビリをして普通の生活をするには支障なくなったんだけど、選手としての復帰はできなくて……」

俺は俯いて肩を震わせた。

「ごめんなさい……先生」

「いいんだよ、気にすんな。別に隠してることじゃないし」

「でも……」

「いいんだよ。いいんだよ……ぜーんぶ嘘《うそ》だから」

と、俺は顔を上げて舌を出した。

「あーひどーい」

「ははは、信じたか？」

「もう、信じるよー」

「さ、みはる美味いモノ作ってくれるんだろ、腹減ってきたよ」

「もおっ、お兄ちゃんのだけ激辛にしちゃうからねっ」


そして久々にみはるが腕を振るった料理をみんなで食べた。

みはるの料理の腕は自己流だというが、智も香澄も絶賛していた。

稽古《けいこ》のこと。

コンクールのこと。

勉強のこと。

将来のこと。

彼女たちのおしゃべりの話題はつきなかった。

四月十五日　水曜日

「どうだね。演劇部の方は？」

　相変わらずいやみな教頭の言葉に、俺はにっこりと笑いながら、

「ええ、部員は集まりましたから。演劇コンクールに向けて頑張っていますよ‼」

と、明るく言ってやった。

「……そうですか。まあ、くれぐれも問題は起こさないように。また何か起きたら、それこそ……」

「秋津先生！」

　息せき切って弥生先生が職員室に飛び込んできた
「どうしたんですか？」

「そ、それが……あの……」

　教頭の存在が気になるようで、しどろもどろだ。

「とにかく秋津先生！　ちょっと来てください」

　演劇部で何かあったのか？

「わかりました！」

　俺はすぐに立ち上がって弥生先生と共に職員室を後にした。

「だから、そこのセリフは違うでしょ！」

「これでもいいじゃない！」

「それじゃあ、次のセリフに上手く続かないのよ。それから、香澄ちゃんも、そこはもう少し早く返事をして！」

「もううんざり。なんであんたに指図ばっかりされなきゃなんないの」

部室の前まで来ると、智と麻衣子の言い争う声が聞こえた。

「お前たち！　なにやってる!?」

「あ……お兄ちゃん！」

「先生……！」

「外まで声が聞こえたぞ」

部室の中は険悪な雰囲気に包まれていた。

「す、すみません……わたくしが、何度も間違えてしまって……」

「香澄のせいじゃない。先輩、今日おかしいよ。いらいらしてあたしたちに、あたんないでよ」

「あたってなんて……」

「みんな、大人気ないわ。けんかなんてぇ」

「ふん、なに言ってるんだ。自分が一番、お子ちゃまのくせに」

「お子ちゃまってなによお！」

「見たままだろ」

「みはるは大人だもん！　智ちゃん、謝ってよ！」

智は、怒るみはるを鼻で笑って相手にしない。

「香澄、お前も、言いたいこと言っときな」

「……わたくしは……特に……」

「そうやって、だまってるから、先輩がいい気になるんだ」

「わ、私は、いい気になんてなってないわ！」

「お前たちっ、いいかげんにしないか!!」

俺に怒鳴られて一瞬、部室がシーンとなる。

「やってらんない……」

「……もう、やだ!!」

智とみはるが部室を飛び出して行った。

「あ……ま、待て！」

「すみません……先生……」

麻衣子がつぶやいた。

「いったい、どうしたっていうんだ？」

「私、一生懸命……やっていたんですけど……」

「青葉さん。あんまり、あせっては駄目よ……」

「わ、私………すみませんっ」

麻衣子まで部室から出ていってしまった。

「麻衣子っ……なんだって、こんなことに……」

「すみません、私の力不足で……」

弥生先生が頭を下げる。

「とにかく、連れ戻してあいつらときちんと話し合いましょう。話してわからない奴らじゃありませんから」

「そうですね。」

「ケンカケンカ。ナカマワレー」

「ミ、ミルフィーユッ……す、すみません……」

ミルフィーユは香澄に押さえつけられて、目を白黒させている。

「香澄は、このまま部室で待っててくれ」

「……はい……」

俺は麻衣子のいるところには当てがあった。

「やっぱりここにいたのか」

池のほとりで膝を抱えるように座り込んでいた。

「……先生。ごめんなさい、私が悪いんです」

「麻衣子……」

「……私、お友達あんまりいないんです。演劇のことしか頭になくて。クラスの友達に遊びに誘われても稽古があったり、台本を読みたかったりして断ってるうちに、誰も相手にしてくれなくなってしまって……………」

麻衣子は続けた。

「でも、演劇部がある内はそれでもよかったんです。いいお芝居ができれば、舞台の上で輝ければいいって仲間がいましたから。でも……今は……今の演劇部のみんなのことも大好きなんです。でも、私、どんどんみんなに嫌われちゃう……」

「麻衣子だけが悪いんじゃないさ、大丈夫。みんなだってわかってくれるよ」

「私が焦っているのは、本当なんです。だって、早くしないと……いい芝居をしないと、演劇部が……」

「麻衣子。今、芝居をしていて楽しいか？」

「……え？」

「お前が楽しんで芝居をしなくちゃ、見てくれる人も楽しめないんじゃないか？」

「あ……」

「とにかく、部室に戻ろう」


何とか全員を部室に連れ戻して話を聞いた。

「みんなの言いたいことや不満は分かった。智、お前の言うことにも一理ある。あるが、もう少し言われる方の気持ちを考えて言葉を選べ」

「はい」

「みはる。お前もいちいち突っかかってわがままを言うんじゃない。今日のお前は全然、大人じゃないぞ。智に子供扱いされたって文句は言えないはずだ。よく反省しろ」

「……はーい」

「香澄……お前もただ黙っていては、意志が伝わらないぞ。お前の一言でずっとよくなることだってあるかもしれないだろう。この場では遠慮はいらないんだ。みんなで、お芝居を作り上げているんだからな」

「……はい……」

「それから麻衣子、時間がなくてあせる気持ちもわかる。だけど、みんなはお前と違って何もかも初めてのことなんだ。何でこんなことができないのか、と思うことがあるかもしれないが。せっかくここまで仲よく頑張ってきたんじゃないか」

「……はい」

「俺も悪かった。もっと早くにみんなとこうして、いろいろ話せる機会を持つべきだったな。すまなかった」

と頭を下げた。

実際、学年もバラバラで今まで知り合いでもなかった四人なんだ。もっと気を使ってやるべきだった。

「みんな、ごめんなさい。私が焦っていたことは認めます。みんなも……一生懸命頑張ってくれている……っ……みんな……ごめ……」

麻衣子の目から涙がこぼれた。

「あーあ、泣かれちゃうとさ、私たちが悪もんみたいじゃない……」

「智っ、またお前はそういうことを」

「お兄ちゃん、智ちゃんはこれでも泣かないでって言ってるつもりなんだよ、ね」

「これでもって。……まあ、そういうこと」

「みはるもあれくらいのことで怒ったりして、確かに大人げなかったって反省したの」

「あ、そ……」

「……わたくしも、もっと……積極的に、参加したいと思います……」

みんなで麻衣子を囲んで慰めている。

「月並みですけど、雨降って地固まる、ですかね」

弥生先生がほっとしたように言った。

「ほんと、もう雨は降って欲しくないですけどね」

「ふふ」


「外で頭冷やしてて思ったんだけど、あたしもなかなか上手くできなくて自分に焦ってたんだ。セリフも覚えられないし。まだるっこしいんだよね『おとうさま、おかあさま』とかって」

いつのまにか、芝居の話になっているようだ。

「みはるもー、せめてパパとかママなら言いやすいのに……」

「そうね、ちょっと古い台本だから、言い回しとかが、やりにくいかしらね」

と弥生先生が言った。

「そうか、じゃあ俺が少し直してこようか」

「そんな簡単に言っていいの？」

「お前たち、俺のことバカにしてるな。俺は国語の教師だぞ」

「でもねえ」

「よぉし、みてろー。明日には直してくるから」

と宣言してしまった。


その夜。

「若草物語」のセリフを直しているうちに、ふとある考えが浮かんだ。

今回の演劇部のことを芝居にしたらおもしろいんじゃないかと。

ストーリーもわかりやすいし、一人一人が自分自身を演じればいいんだから、演技にも自然とリアリティがでる。

今から新しい台本にするのは賭《か》けかもしれないが、うまくいけば……。

第四章　想いは一つに

四月十六日　木曜日

や、やっと書けた……。

もう朝か。

結局、徹夜になっちまったが、とにかく出来上がった。

俺は眠い目をこすりながらも、なんとか日課の納豆飯を食べて学園へ向かった。


身体がだるい……眠い……。さすがに徹夜はつらいな……。

「お兄ちゃんっ、おはようございます！」

みはるが小走りに駆け寄ってきた。

「……おはよう……みはる」

「ん？　どうしたの、ぼーっとして。あー！　ここ髪の毛立ってるよぉ」

「んあー？　そうかぁ」

「もぉ、はずかしいなあ、ちょっと待ってて、みはるが直してあげる」

口調とは裏腹に、みはるはポーチからクシやら何やらを取り出して、楽しそうに俺の髪を直している。

ホント世話女房って感じだ。

「悪いな」

「エへへ。はい！　おしまい」

「さんきゅー」

「お兄ちゃん台本は？」

「ふふふ、ばっちりだ！」


「実はオリジナルの脚本を書いてみた」

「えーっ」

驚くみんなに、

「とにかく、読んでみてくれ」

と、朝までかかって書き上げた脚本を見せた。

『新・若草物語』

それは今のみんなの姿を、そのまま脚本にしたものだった。

存続の危機にある演劇部。

それぞれに悩みを抱える少女たちが、演劇部のために力を合わせていく。

苦しい稽古《けいこ》。

心の行き違い。

それぞれの夢。

そして、最後は願いを込めてハッピーエンドにした。

「どうだろう、みんな」

「うん……いけるかも……」

「やってみましょう！」

「お兄ちゃん、すごい！」

「…………」

「これなら、きっと……」

よかった。みんな気に入ってくれたようだ。

「残り少ない時間だけど、頑張っていこう」

「はい」


さっそく新しい台本で稽古を始めた。

まずは読み合わせからだ。

みんな自分自身が役だから、ずいぶんやりやすくなったようだ。

稽古は順調に進んでいく。


「先生？　秋津先生！」

「……」

「きっと、寝不足なのよ」

「朝まで書いてたんじゃない？」

「そっと、しておいてあげましょ」

俺はみんなの稽古の声を子守唄に眠ってしまった。

四月十七日　金曜日

「十一ページの仙川さんの挨拶《あいさつ》のセリフから返すわよ。みはるちゃんは出てくるタイミングに気をつけてね」

「はーい」

今までと打って変わって演劇部は調子がいい。

ラストスパートで稽古にも熱が入ってきたようだ

一人暮らしの俺は、昼食はほとんど学食で済ませていた。値段も味もそこそこで、日替わりのメニューもあるから飽きずに通っている。

今日も俺は日替わり定食と盛りそばを食べた後、本校舎へ戻る途中で、体操服姿の智に会った。

「先生…こんな所で、何してるの？」

「何してるって、学食の帰りだよ。お前こそ何やってるんだ」

「身体がなまっちゃいけないから走ろうと思って。演劇部でストレッチとかするけどなんだか物足りなくて」

「ハハ……確かに、智にとっちゃな。よし、俺も腹ごなしに一緒に走るかな」

と、智と一緒に走り始めた。


「ね、先生。一つ聞きたかったんだけど」

「ん、なんだ？」

「先生の家に遊びに行ったとき、膝《ひざ》の故障の話したでしょ」

「ああ……」

「あれ、本当の話でしょ」

「…………」

「膝、調子悪いよね」

「……鋭いな、智は……」

「何度か先生とバスケやってるときに、あれって思ってたんだ。無意識に右膝をかばってるなって……」

「そうか」

「……」

「……子犬のこと以外は本当さ、居眠り運転のトラックに突っ込まれてな……」

「大丈夫なの？」

心配そうに俺の膝を見る。

「ああ、こうやって走るくらいはな。それより、最近は部活の方は調子いいみたいだな」

「うん。あとは、あたしの見せ場のバスケシーンの動きを考えれば」

と、シュートのポーズをした瞬間、

「きゃ……っ」

池の縁の石に足を取られて智の身体が池の方へ傾いた。

「危ないっ!!」

とっさに手を伸ばし智を助けようとしたが、支えきれずに俺たちは、ひとかたまりとなって池に落ちてしまった。

「……いたた……」

「いったあい」

「うわっ」

目を開けると智のヒップが目の前にあった。

「や、やだっ」

俺たちは智が上になったシックスナインの体勢になっていた。

「と、とりあえず、池から上がろう」

「う、うん。でもなんか、絡まってて」

智の手足には水草に絡まっていて、上手く動けないようだ。

「よっ……」

「ちょ、ちょっと、やだぁ」

少しでも体勢を変えようと動いたら、ヌルッとした藻にすべって智のヒップに顔を押しつけてしまった。

「わっ！　ご、ごめん……」

「もう……！」

キンコンカンコーン。

予鈴が鳴った。

ということは、誰かが通りかかってくれる可能性も減ってしまった。

「まずいな。なんとかしないと」

「わかった。やっぱりあたしが……」

と、智は絡まった水草を引きちぎろうと右手を動かした。

「と、智……っ」

バランスがくずれて、智のヒップがまた俺の顔に押しつけられた。

「や、やだ……っ」

急に動いたために、ますます不安定な体勢になっていく。

「だめだわ……先生……」

「こうなったら、えいっっ」

「わあっ……っ!!」

無理矢理体勢を直そうとしたが、あえなく失敗してしまった。

シックスナインの形からは抜け出せたものの俺は掴《つか》まりどころが無くて、智の胸を鷲《わし》掴みにしてしまった。

「きゃーーー!!」

「ご、ごめんっ」

慌てて、手を離したら藻に滑って、今度は智の胸に顔を埋めてしまった。

「あ、あんっ」

智が普段と違う可愛らしい声を上げた。

俺がまじまじと見つめていると、

「な、なによ……」

と恥ずかしそうに目を伏せた。

頬《ほお》は赤く染まって、いつもの男勝りからは想像もつかない。

ふと見ると、智の体操服は水に濡《ぬ》れてぴたりと身体に張り付いていた。

下着が透けて見える。

「や、やだ……先生……」

いつの間にか、俺のモノはこの状況に反応して大きくなっていた。

「こんな時に……」

智が俺から離れようともがく度に、太股《ふともも》に刺激されてモノはますます熱を帯びてくる。

「くっ……と、智……動くなって」

「そんな……」

智がじっと俺を見つめる。

「はあっ……なんだか、あたしまで……おかしくなってきちゃう」

と、智は俺に胸を押しつけてきた。

「あん……………」

智の顔には女の艶《つや》がにじんでいた。

「……あ……あん……」

智は俺を両足で挟むと、敏感な部分に俺のモノが当たるようにした。

「んんっあ、熱いの……先生……」

そういうと、智は俺のモノをこすり刺激してきた。

「あっあっあっ……」

ばしゃばしゃと大きな水音が立つ。

「あっ……あん……ねえ、先生っ……」

「くっ……」

俺のモノはどんどん力を得て、智の下着を押し上げている。

水の浮遊感が、智の腰使いに絶妙な動きを与えている。

「と、智っ……」

たまらなくなった俺は、少しでも智に近づこうと大きく腕を動かした。

「う、うわぁ！」

「と、取れたぁ!!」

激しく動いたため、絡まっていた水草が切れたようだ。

池から上がると、お互いに水が滴るほどびっしょり濡れていた。

「……智」

「な、何？」

「風邪、ひかないようにな」

「あ、う、うん………」

智の顔はまだ上気していたが、俺たちは何事もなかったように振る舞って別れた。

四月十八日　土曜日

演劇コンクールまであとわずかとなった。

連日、稽古は順調に進んでいる。

だが、なぜかコンクールが近づくにつれ麻衣子の表情が暗くなっていく。

緊張のせいなのか？　気になる。

なんと言っても、この芝居の中心になっている麻衣子の演技がピリッとしなくては話にならない。

「麻衣子！」

「はい」

「最近、あまり調子がよくないみたいだけど……」

「あ……い、いえ……」

「体調でも悪いのか？」

「……」

「先生、セクハラー」

と、智が近づいてきた。

「え？　な、なんで」

「女の子は体調の悪いときがあんのっ、もうっ」

「あ……そうか」

「…………」

麻衣子は顔を真っ赤にしている。

「ま、まあ。身体には気をつけてな……お前、一人の身体じゃないんだから……」

「お兄ちゃん、その発言もおかしいよぉ」

みはるに突っ込まれてしまった。

「ご、ごめん……」

女性陣の視線が怖い。

もう、この話題に触れるのはよそう。

俺は、そそくさと部室から退散した。


「弥生先生。お話って……」

俺は弥生先生に屋上へ呼び出されていた。

「ええ…………」

何か思い詰めているようだが、また演劇部で何か問題があったんだろうか。

「……秋津先生……」

「はい」

「あの、私、あれから胸が、苦しくて………」

「え？」

「……先生に……抱かれてから……」

「あ……」

「私のこと、嫌いですか？」

「……嫌いなわけないじゃないですか……」

「……じゃあ、好きですか？」

弥生先生はじっと俺の顔を見つめている。

「それは………」

弥生先生のことは、もちろん嫌いじゃない。

優しいし、美人だと思うし。

一緒に仕事や部活をしていて、とても好感を持っている。

だが、好きかと、問われると。

……わからない。

「いいんです。ごめんなさい……」

答えに詰まっている俺の胸に、弥生先生はそっと顔を押し当てた。

「……でも……私のことが嫌いでないなら…………」

「………」

「抱いてください、秋津先生……」

潤んだ瞳で、俺をじっと見上げる。

「弥生先生……」

「お願いです」

「でも……」

「遊びでいいとは、言えません。私、秋津先生のことが……」

「………」

「……好きなんです」

「弥生先生……」

「演劇コンクールも近づいて、こんな、大事なときなのに、私、秋津先生のことばかり考えてしまって……」

俺は思わず彼女をぎゅっと抱きしめた。

「秋津先生……」

「すみません……俺……」

「抱いてください。今、ここで……」

弥生先生の艶やかに濡れたくちびるが寄せられた。

俺はそのくちびるを受け入れた。

「んっ……ふ……」

優しく舌を絡ませあいながら、俺は弥生先生の胸に手を降ろした。

ブラウスのボタンを外し、ブラの上から優しくゆっくりと胸を揉《も》みしだいていく。

「ああ……」

手のひらに乳首がこりこりと存在を主張し始めた。

ブラを外して、じかに胸を触る。

「はぁ……あ……」

豊かな胸の谷間に顔を押しつけて、柔らかな感触を楽しんだ。

「ねえ……秋津先生……」

もっと強い刺激をねだる彼女の背中をフェンスに押しつけ、乳首を口に含んでやる。

「あっああ……」

ちゅっ、ちゅっと音を立てて、吸い上げると身をよじって悶《もだ》える。

「あ……あ……先生……き、気持ちいい……」

「下も触って欲しいですか？」

耳元で、囁《ささや》くと彼女は背筋をビクッと震わせた。

「あ……は、はい……」

俺はゆっくりと太股を撫《な》で、パンティーの上から秘処に手を当てた。

「はぁはぁ……お願い……じらさないで……」

彼女のパンティーはすでにじっとりと濡れていた。

「もう、こんなに濡れちゃったんですか？」

「あっああ……だって……」

俺はパンティーの中を入れて、びしょびしょの花びらをかき回した。

「はあっ……ああ……そんなにしたら……あっん……」

「そんなにしたら？」

「……そんなにされたら……わたし……おかしくなりそう……」

「弥生先生、お尻をこっちに向けて」

「は、はい」

彼女は身体を反転させた。

「フェンスをぎゅとつかんでてください」

俺の言葉に従順に従って、お尻を突き出す格好をとった。

スカートを捲《まく》り上げると、ボリュームのあるお尻が丸出しになった。

「またこんないやらしいパンティーをはいているんですね」

俺は彼女のパンツの紐《ひも》に指をかけた。

紐をほどくと、すぐに花びらがむき出しになった。

「……あ、ああ………」

弥生は恥かしそうにお尻を揺らした。

「あ……もう……私……」

俺は彼女の太股をなで回した。

「……ああ……」

「綺麗《きれい》な……肌ですね……なめらかで……」

首筋にキスを送りながら、足の付け根の辺りからゆっくりと動かしていった手を敏感な場所の一歩手前で止めてやる。

「んふっ……ん……はぁぁ……」

彼女は辛抱できないのか、身体を揺らして愛撫《あいぶ》をねだる。

「ねえっ……お願い……さわって……お願い……」

「ふふ、いいですよ」

「ふぁっ……あっ……はぁぁ………」

彼女の花びらは滴り落ちんばかりの蜜《みつ》で溢《あふ》れていた。

指を入れると内襞も熱くなり、とろけかかっている。

くちゅくちゅと淫靡《いんび》な音が響く。

「んっ……あはぁぁっ……先生……もっと……あぁ……」

指に絡みついた蜜をすくって、蕾《つぼみ》にこすりつける。

「アッ、アア……だめぇ……そこっ……はぁ……あぁぁぁ……！」

身体を震わせて弥生先生は、激しい快感から逃れようと身悶えた。

しかし、くちびるからはひっきりなしに甘い嬌声《きょうせい》が洩れるばかりだ。

「んんっっ…………」

彼女の身体が一瞬突っ張った。

蕾への刺激で軽くイッってしまったようだ。

「は……ああ……」

「イッちゃたんですか……」

「あ……は、はい……」

「勝手にイッちゃだめじゃないですか」

「……すみません……」

「お仕置きですね」

と俺は十分に張りつめたモノを彼女の花びらに一気に押し入れた。

「あっああああーー！　あっああ…………」

「くっ……」

あんなに濡れていたのに、中はぐっとしまっていて俺にすさまじい快感を与えてくる。

「あッ……先生っ……あんっ……はぁぁ……あん……」

「そんなに大きな声を出すと、誰かに聞こえてしまいますよ」

「……ああ……だってっ……」

「それとも、見て欲しいんですか？」

「……そんなぁ……は、あっ……」

切なげな声を上げ、腰を揺する弥生先生。

「あっ……あぁぁ……!!」

「ほら、あそこの教室から、誰かが覗《のぞ》いていますよ、弥生先生」

耳元に熱く囁きながら、俺は腰を突き上げた。

「いや……いやっ……」

と弥生先生は大きく首を振る。

シャンプーと彼女の体臭が香る。

「……ふぁっ……あっあっあーーーっ……」

「先生、誰かに見られていると、そんなに感じるんですか？」

「ち、ちがいますぅ……あ、ああ……」

俺はゆっくりと腰を回して、新たな快感の壺《つぼ》を探し始めた。

「ああん……秋津先生……じらさないで……」

「う……締まる……」

「あ……ああ……先生のが私の中で……大きくっ……」

「……く……」

「アッ……だめだめ……すごい、おおきいのっ……ねえ……」

フェンスがギシギシと大きな音を立てる。

「あぁんっ…………!!」

弥生先生は自ら腰を動かし始めた。

「くぅ……あぁっ……ここ、当たる……当たってるのっ………」

鼻にかかった甘い声が俺の情欲をかき立てる。

「はぁ……あぁっあぁっあぁっあぁっ…あはぁぁあっ………!」

彼女が腰を振る度に俺のモノが熱い粘膜にこすられて蕩《とろ》けるようだ。

細い指がフェンスに強くしがみついて白くなっている。

クリトリスを指でくるくると回し刺激してやる。

「あぁんっ……そ、それ……いい……」

彼女の身体が跳ね上がる。

「あぁっ……すごい、すごいの……気持ちいい……あ、ああ……」

「俺もだよ……」

「もっと……もっと奥まで……来て……!!」

俺は彼女に望まれるまま、激しく抽送をくりかえした。

「あぁぁっ……ああん！　もっと……もっとぉ……」

弥生先生の身体は絶頂に向けてぐっと緊張していった。

「わ……私、私、もう……イきそうっ……っっ……」

「お、俺も……」

「あああぁぁっはぁ……お願い……中に、中に出してっ……」

「あ、ああ……い、いくぞ……弥生！」

「あっあっ……あっあーーーっ………いいっ……」

「くう……！」

「いいっ……イくっイくっ……イッちゃう！……あああーっ……」

彼女は最後に思いきりのけぞって、俺をきつく締め上げた。

「秋津先生……」

「な……なんでしょう⁉」

「すみませんでした……私。恥ずかしい……」

弥生先生は乱れた服を手早く直しながら言った。

「い、いえ」

「あの……私、秋津先生のこと、本気です……それだけは、覚えておいてください」

「弥生先生……」

「演劇コンクール、がんばりましょう」

弥生先生は、はればれとした笑顔で言った。

第五章　麻衣子…

四月十九日　日曜日

「弥生先生ーっ、横幅はこれでいいんですか？」

智がメジャーとガムテープを持って、叫んでいる。

「ええ、そこでいいわ」

今日は体育館を借りての稽古《けいこ》だ。

本番の舞台の大きさを測って立ち位置の調整をしたり、実際の雰囲気を多少なりともつかもうというのだ。

明日は連日の疲れをいやして本番に臨んで貰《もら》うために、稽古は休みにしてある。

これが最後の稽古だ、みんな気合いが入っている。

『よろしく、青葉です』

『よろしくお願いします。みはるって呼んでね』

『……綾瀬香澄と申します……どうぞ、よろしくお願いします』

『あ、ども……』

…………。

「青葉さんのセリフよ」

「……あ、すみません」

俺は、家に帰ってきてからも、麻衣子のことが気になっていた。

最近ずっとふさぎ込んでいて、大事な演劇コンクールが目の前だというのに、今ひとつ覇気が感じられないからだ。

今回のコンクールに一番賭《か》けているはずなのに。

何か、悩みがあるんだったら、相談に乗ってやりたいと思っていたのだが、機会がないうちに今日まで来てしまった。

そうだ電話をしてみよう。

「えーと……青葉……青葉……あった」

俺は名簿から麻衣子の家の番号を調べて早速かけた。

「もしもし、私、聖蘭学園の教師で秋津と申します。麻衣子さんはおられますでしょうか？　……あ、そうですか。…………はい、はい。ええ、わかりました」

麻衣子はまだ家に帰ってなかった。

部活が終わってから、もう二時間は経っている。

どこかで寄り道をしている可能性もあるが、俺は麻衣子はまだ学園にいるのではないかと思った。

部室から明かりが漏れている。

やはり、麻衣子がいるようだ。

ひとりで、稽古でもしているんだろうかと考えながら、部室の前に来たとき、突然、叫び声と大きな音が聞こえた。

「いやーーーっ！」

「な、なんだ⁉」

俺は慌てて部室へ飛び込んだ。

「麻衣子っ‼」

麻衣子が床に倒れている。気を失っているようだ。

「麻衣子、麻衣子、しっかりしろ！」

「あ……先……生……？」

「よかった。怪我はないか」

「あの……どうして……」

「ここのところ、元気がないようだったから心配になって家に電話をしたんだ。そうしたら、まだ帰っていないっていうから、もしかして、と思って来てみたんだ」

「……そう、ですか」

「一体何をしていたんだ？」

「…………………」

「麻衣子？」

「……私、特訓してたんです」

「特訓？」

「はい」

麻衣子は立ち上がり、舞台を睨《にら》みつけた。

「……私……ライトが……怖いんです……」

「ライトが？」

俺がなぜと問う前に麻衣子は話し出した。

「……前に、演劇部で事故があったことは、お話ししましたよね」

「ああ」

「二年前の文化祭の時でした。本番中に私の頭の上にスポットライトが落ちてきたんです。ちょうど、私はセリフを言っていて異変に気づきませんでした。そして、私をかばってくれた先輩の足の上にライトが……」

「…………」

「元々演劇部は学園の中で、優遇されている部だったものですから、それをよく思っていなかった人たちから、事故の件でいろいろ嫌がらせを受けてしまって、だんだんと部員が減ってしまったんです」

「そうか」

「私は演劇部を辞めたくはなかったけど、先輩に大けがをさせてしまった責任をとって退部しようと思っていました。でも、その先輩は、私にこんな時だからこそ頑張って欲しいって言ってくれたんです。だから私、絶対に演劇部をつぶせないんです」

麻衣子はぎゅっとくちびるをかみしめた。

「だから、たった一人になっても頑張っていたのか」

「……でも、私、あの事故の時から、舞台でスポットライトを浴びると、身体が震えて、逃げ出したくなってしまって………」

話しながら、事故の記憶がよみがえってきたのか、麻衣子の身体が小刻みに震えた。

見れば、汗で服がびっしょりと濡《ぬ》れている。

極度の緊張のせいだろう。

これ以上、練習を続けるのは限界に思えた。

「麻衣子、今日はここまでにして帰ろう」

「駄目です！　まだ！　私……」

「……しかし……身体を壊しては……」

「先生！　大会は明後日なんです。もう時間がないんですっ」

「……わかった。だったら俺もつき合おう」

「ありがとうございます」


その恐怖とはどんなモノなんだろう。

麻衣子は全身に尋常ではない量の汗をかいて、ライトの呪縛《じゅばく》から逃れようとしていた。

いや彼女は克服しようとしていた。

舞台の上、麻衣子の身体は震えていた。

「大丈夫か」

俺は思わず麻衣子の肩を抱いた。

「……先生……私を、捕まえていてください」

「わかった」

麻衣子は俺に支えられながら必死で演技を続けた。

「はあ……はあ……」

汗はますます酷《ひど》くなっていく。

身体が熱くて仕方がないのか麻衣子は無意識に服を脱いでいき、肌もあらわな姿になっても一心不乱に演技をし続けた。

そして、

「ああ、神よ。私は何を信じたらよいのでしょうか？」

あれほど怯《おび》えていたスポットライトの下、麻衣子は今までのように、いや、今まで以上の輝きを放っていた。

「何を言っているの？　彼は来ます。必ず……」

彼女の演技を見ていると、希望が湧いてくる気がする。

俺は、生き生きとした力を取り戻した麻衣子の笑顔を見つめ続けた。

四月二十日　月曜日

演劇コンクールまであと一日。

俺は準備万端整えて、ふうっと一息ついた。

あっという間の二週間。

公私ともにいろいろなことがあって、めまぐるしい毎日だった。

しかし、本番は明日だ。

まだまだ気が抜けない。

俺は明日に備えて、帰り支度を始めた。

「余裕ですね、秋津先生」

また教頭のイヤミが始まった。

「今日は稽古がないようですが、大丈夫なんですか？」

「ええ」

「明日は私も見に行きますから、くれぐれも我が校の恥になるようなことは……」

ガラガラガラッ！

「秋津先生‼」

勢いよくドアを開けて弥生先生が職員室に飛び込んできた。

「ど、どうしたんですか？」

「大変なんです！　あの子たちが！　あの子たちが！」

弥生先生の顔は青ざめている。

「とにかく、部室に来てください」

「は、はい!!」


「だから、そこのセリフは違うでしょ！」

「これでもいいじゃない！」

「それじゃあ、次のセリフに上手く続かないのよ」

「もううんざり。なんであんたに指図ばっかりされなきゃなんないの」

「お、お前ら……またケンカを……」

こんなせっぱ詰まって、またケンカなんて。

「す、すみません……わたくしが…………」

「香澄のせいじゃない。先輩、今日おかしいよ」

「すみません……すみません……」

「もう、いいかげんにして！」

俺は呆然《ぼうぜん》とした。

本番は、もう明日。

もう、みんなの気持ちは揃《そろ》ったと思っていたのに……。

どうしたっていうんだ。

「お前たち……」

弥生先生が、しきりに目配せを送ってくる。

ん？と見上げると、そこには垂れ幕が下がっていた。

『秋津先生へ……特別公演！』

「このっ……驚かせやがって……」


俺のためだけの舞台。

みんな、この短い時間の中で本当によく頑張ってくれた。

「よかったぞ、みんな」

俺は精一杯の拍手を送った。

最後に、全員が俺の前にずらっと並んだ。

「私たちがここまでやり通せたのも」

「先生のおかげです」

「つたない私たちを指導してくださって」

「……ありがとうございました」

「みんなからの感謝の言葉です」

麻衣子、智、みはる、香澄、弥生先生……。

「みんな、俺こそ礼を言うよ。ありがとう」

「先生！」

「さ、本番は明日だ。今日の調子で頑張ってくれよ」

「はい」

みんな、いい笑顔だ。


「パス、パス。こっち！」

「早く戻ってーっ」

「ディフェンス、しっかりー」

「シュートッ！」

「ナイッシュー」

体育館からバスケット部の元気のいい掛け声が洩れていた。

ふと見ると、智が体育館のそばに立っていた。

やっぱり、バスケがやりたいんだろうな。

「とーも！」

と、俺は肩を叩《たた》いた。

「先生……」

「演劇部の方が落ち着いたら、入部したらどうだ」

「…………考えとく」

ややあって、智は唐突に口を開いた。

「ね、先生。私のこと先生はどう思ってる」

質問も唐突だ。

「どうってなあ。……そうだ、味方なら同志、敵ならライバルってとこかな」

「……ライバル、か……」

なんでそんな、寂しそうな顔をするんだ。

「じゃあ、麻衣子先輩のことはどう思う？」

「え……麻衣子は……しっかりしたいい子だなぁ」

ちょっとどきっとしながらと答える。

「麻衣子先輩さ、先生のことが好きなんだよ」

と告げる智。

「な、何いってんだよ」

俺は頬《ほお》が赤くなるのを感じた。

「なーんだ両想いか」

「からかうなよ。まったく」

「……わかるんだ。私も先生のこと……だから」

「ナイッシューーッ!!」

バスケ部の声と重なってしまいよく聞こえなかった。

「ん？　何だ？」

「……じゃね、先生。明日がんばろっ」

と智は走っていってしまった。

「智……」

四月二十一日　火曜日

そして演劇コンクールの当日がやってきた。

俺は、ゲン担ぎに水をかぶってから家を出た。

今となっては、俺にできることはこんなことくらいしかない。


待ち合わせの場所に行くと、すでに全員揃っていた。

「おはよう！」

「先生、遅刻するかと思ったよ」

こんな日でも智の憎まれ口は健在だ。

「まだ、待ち合わせの五分前じゃないか」

「みはるね、昨日眠れなかったから、三十分前には来ちゃったよ」

「まさか、みんな三十分前か？」

あきれた声を出した俺に、みんなは異口同音で「だって、緊張して」と答えた。

「ぷっ、あははははっ」

あまりの揃い振りにおかしくなって、みんなで笑った。

少しは緊張も緩んだかもしれない。

「じゃ、みんな行くぞ！」

「はい!!」


「第十三回、演劇コンクール会場。ここだな」

「へえ、結構、大きなホールじゃない」

と、智が言った。

「……人が……たくさん……いますね」

「みはる、また緊張してきちゃったー」

「大丈夫だ。昨日、俺に見せてくれたようにすればいいんだ。俺は、観客席で見ているからな」

「はい、先生！」

麻衣子はあまり緊張していないようだ。

「今までの稽古の成果を見せましょう」

ライトの件を克服してからは、明るい麻衣子に戻っていた。

「じゃ、さっそく支度にかかりましょう！」

「弥生先生……みんなをよろしくお願いします！　麻衣子、智、香澄、みはる……頑張ってこい!!」

「はい！」

いよいよ演劇コンクールの幕が上がった。

さすがに大きな大会だけあって、観客もたくさん集まってきた。

次々と、プログラムが進んでいく。

舞台を見ているうちに俺は不安になってきた。

新人の大会と言っていたが、かなりのハイレベルだ。

衣装も豪華で、舞台装置なども凝っている。

もちろん、演技力も。

俺は優勝しますなんて大きく出たことをちょっと後悔し始めていた。

麻衣子の言うとおり入賞くらいにしておけばよかったかな。

『では続きまして、聖蘭学園演劇部『新・若草物語』です』

いよいよ、俺たちの番だ。

「へえ、聖蘭演劇部、復活したんだ」

「知ってるの？」

前の席のカップルの話が聞くともなしに耳に入る。

「ああ、学生演劇では結構有名だったんだよね」

「ふうん」

「でも、この二、三年活動してなくてさ……」

「しっ、始まるわよ」


幕が上がった。

暗転から、一筋のスポットライトに照らされた麻衣子の姿から物語は始まる。

『私、演劇が大好きなんです!!』

ずっとその気持ちを大事にしろ、麻衣子。

『だけど、私だって本当は……仲間が欲しい……』

智、早く素直になれ。

『……わたくし、踊りたいんです……』

もう、お父さんやお母さんの前でもはっきり言えるだろう、香澄。

『いつか、みんな大人になるんだよね』

そう、急がなくたって、いいんだ、みはる。

『最高の教師になりたいんです』

俺の気持ちの代弁者。でも弥生先生も目指してますよね、最高の教師を。

『それじゃあ、みんな、心を一つにして！』

『絶対に、優勝しましょう！』

『エイエイ、オーーー!!』


俺の拙《つたな》い脚本を、みんな懸命に演じてくれた。

他と比べたら演技も、まだまだかもしれない。

でも、なによりも情熱の伝わってくるすばらしい舞台だったと思う。

「へえ、一場モノだし、照明も地味だったけど、いい感じね」

「うん。すごく素直に気持ちが伝わってくる演技だったわ」

観客の反応も予想以上によかった。

「先生！」

舞台を終えたみんなが、観客席へやってきた。

「今まで最高の出来だったぞ！」

「ありがとうございます！」

みんなも舞台を終えた満足感でいっぱいだった。

これだけ、頑張ったんだ。

たとえどんな結果でも、といいたいが、演劇部の存続のためには……優勝をしなければ。

「先生、優勝できるでしょうか」

「麻衣子……」

麻衣子はとても不安そうだ。


『大変長らくお待たせ致しました。これより、授賞式を始めます。まずは各賞の発表です』

ついに、授賞式が始まった。

技能賞や主演女優賞など、各賞が発表されていく。……だが、その中に聖蘭演劇部の名前はなかった。
「先生……」
どんどん不安が募っていく。
「大丈夫だよ」
「でも……」
『それでは総合発表に移らせていただきます。まず総合第三位は……』
こうなったら、何位でもいい。入賞してくれ。
『劇団すみれ『ヴェニスの商人』です』
くっ。だめか……。
『続いて、第二位、準優勝は、チーム月光『岩窟王』です！』
ああっ残るは、優勝のみか……。
『さて、いよいよ最優秀賞の発表です』
頼むっ。
『栄えある第十三回演劇コンクール最優秀賞は……』
俺たちはもう祈るような気持ちになっていた。
みんなも息を詰めて舞台上のアナウンサーを見つめている。
『劇団ファントム、『宝島』です！』

「そ、そんな……」

「あ……」

麻衣子は目を伏せた。

「うそ……」

智はくちびるをかみしめている。

「……」

みはると香澄はショックで言葉もでないようだ。

弥生先生も無言だ。

くそっ審査員の目は節穴なんだ。

あんなに、素晴らしい演技を見せたじゃないか。

豪華な装置や衣装に負けない情熱と笑顔があったのに……。

それなのにっ。

「仕方ない。精一杯、やったんだ……」

俺は口から溢《あふ》れ出そうになる罵倒《ばとう》の言葉の数々を飲み込んで、みんなの肩を叩いた。

「演劇部……なくなっちゃうの？　お兄ちゃん」

「……」

『ここであと一つ、特別賞を発表したいと思います』

「……特別賞？」

『これは今回特別に設けられた賞です。惜しくも選考には漏れましたが、その演技は、なによりお客さまの心をとらえ感動をよんだ作品です』

「まさか……」

『その作品とは、聖蘭学園演劇部『新・若草物語』です！』

会場からは、今までで一番の、割れんばかりの拍手が沸き起こった。

「うそ……」

「やったぁ!!」

「やったわ……」

「……わたくしたちが……特別賞……」

「先生！」

「お兄ちゃん！」

「秋津先生！」

「ああ……」

俺は不覚にも涙がこぼれてきた。

みんなの努力が。

みんなの心が。

この結果に結びついたんだ、本当によかった。

「やったな、みんな!!」

「はい!!」


結局、優勝こそ出来なかったが、演劇部は廃部を免れそうだ。

宣言通りにコンクールを見に来ていた教頭が、えらく感動して特別賞でも十分だと言ってくれた。

教頭は涙目で俺に握手を求めて、

「これからの演劇部を大いに盛り上げていきましょう！　学園を挙げて応援します」

と言って、なんと祝賀会まで開いてくれた。

俺は教頭のことを誤解していたようだ。

弥生先生に聞いたところ、今までどうにか演劇部が廃部にならなかったのは、陰ながら教頭が、学園長などに取りなしてくれていたのだと聞いた。

俺にはイヤミに聞こえていた発言の数々も、演劇部を心配して気にかけていたからだということだ。

何はともあれ、演劇部が続くことになって俺はほっとした。

祝賀会が終わる頃、俺は麻衣子にお話があるんですと部室に呼び出された。

「よかったな、麻衣子。演劇部がつぶれなくて」

「はい、これで先輩にも顔向けできます」

「名門聖蘭演劇部の復活だな」

「あは」

「コンクールのレベルの高さを知っていたら、優勝します！なんて無謀なこと言えなかったよ」

「参加者は、みんな新人なんだろう。だったら、望みはあるさ！って、先生の言葉で、私もやる気になったんですよ」

と麻衣子は笑った。

「先生を始め、いろんな人に助けられて力をもらって、ここまでやってこれたんですもの、感謝しています」

　麻衣子は、もう怖れることのなくなったライトを見上げながら言った。

「入学式の日に、ここで麻衣子と出会ってから、まだ二週間しか経っていないなんて、嘘《うそ》みたいだよな」

「ええ」

相変わらず雑然とした部室の中で、俺たちは二人きりだった。

「先生……私……」

麻衣子は急に真剣な顔になった。

「ん？」

「私、先生のことが好きです」

「麻衣子……」

「コンクールが終わったら、優勝できてもできなくてもこの想いを伝えようと思っていました」

麻衣子の頬はだんだん赤く染まってきていた。

「……先生は、私のこと……どう思っていますか」

俺の気持ちは、はっきりしていた。

俺は麻衣子に惹《ひ》かれている。

たぶん、初めて会ったときから。

だけど……。

「俺も、麻衣子のことは好きだ」

「先生！」

麻衣子の顔がぱあっと明るくなった。

「だけど、麻衣子は演技をしている時が一番輝いている。俺なんかとつき合うよりも演劇に、時間を使った方が……」

「そんな……」

「今日も舞台の上の麻衣子は輝いていた。その輝きを大切にして欲しいんだ」

そう、俺なんかのために麻衣子の演劇への情熱が損なわれてはいけない。

「私、先生がいたから先生のことを思ってお芝居をして、前よりもずっといい演技が出来るようになったんです。自分のためだけではなくて、誰かのために演じることのすばらしさを先生は教えてくれたんです。そして、これからも先生に支えて欲しいんです」

「……麻衣子」

麻衣子の素直な気持ちはとても嬉しかった。でも……。

「でも、俺たちは、教師と教え子という立場でもあるし……」

「そんなことっ。立場なんて関係ありません。私、先生が好きなんです」

「……」

麻衣子にじっと見つめられて、心臓がどんどん高鳴っていく。

初めて、麻衣子を演劇部で見たときのように、目が離せない。

「私、これからも先生に支えて欲しいんです」

「……麻衣子」

「先生に甘えちゃだめですか？」

俺はたまらなくなって、麻衣子を抱きしめた。

「……私……今日、家に帰らなくてもいいんです」

俺の胸の中で、麻衣子は小さく言った。

「麻衣子……」


「ここが、先生のお部屋ですか」

麻衣子は俺の部屋の中をきょろきょろと見回している。

「狭いだろ」

「いえ、私も来てみたかったんで、嬉しいです」

「え？」

「前に智ちゃんたちが遊びに来たでしょう」

「ああ」

「ずるいなあって思ってたんですよ」

と麻衣子は口をとがらせた。

「はは、そうか。なんか飲むか？　ビールは、まずいな……オレンジジュースでいいか？」

「はい」

「…………」

会話がとぎれると、麻衣子は落ち着かない様子で制服のあちこちを伸ばしたり、引っ張ったりしている。

ここは、俺がリードしてやらないといけないよな、うん。

「麻衣子、こっちに来ないか」

と、俺は麻衣子を呼び寄せた。

ぎしっとベッドの軋《きし》む音に麻衣子は身体を強ばらせる。

「初めて？」

「……はい……」

「そうか、ごめんな、こんなところで。どこかホテルにでも行った方がよかったかな」

「い、いえ……」

俺は麻衣子の肩に手を回して、優しく引き寄せた。

「あ……」

抱きしめてそっと、くちびるを重ねる。

「……ん……っ……」

閉じられたままのくちびるを吸い、微かに開かれたそこに舌を差し入れる。

「……んん……ふ……」

戸惑っている麻衣子の舌を捕らえ絡み合わせていく。

「はあっ……はあっ……」

くちづけから解放してやると、麻衣子は大きく息を吸った。

「息していいんだよ」

「……は、はい……」

息を止めていたせいか、恥ずかしさからか、麻衣子の頬がすっかり紅潮している。

「キスも初めてなの？」

「……私、ずっと演劇に夢中で彼氏とかいなかったから……」

こんなに可愛いのに信じられない。

「俺が初めてだなんて、嬉しいよ。優しくするからね」

この部屋で麻衣子と同じように、初めての時を過ごしたみはるのことを思いだして、胸が痛んだ。みはるにも早く心も身体も重なり合う恋をして欲しいと願った。

「先生？」

俺はもう一度、麻衣子にくちづけをした。

キスをしながら存在を確かめるように、麻衣子の身体に触れていく。

華奢《きゃしゃ》な肩、ほどよくくびれたウエスト、丸いお尻。

「あ……んっ…………」

制服の上から麻衣子の胸に優しく触れる。

手のひらで包み込むようにして、ふわふわとした感触を楽しんでいると、

「あ……」

麻衣子の身体はピクンと小さく反応した。

「どうしたの？」

「……先生……私、ドキドキしちゃって」

「これから、もっとドキドキするんだよ」

胸を触り続けていると時折ピクンと身体を震わせる。

「ああ……」

「もっと触ってもいいかい」

「……はい」

スカーフを外して、制服を脱がしていく。ブラはそのまま上に押し上げた。

「あ……」

小振りの可愛い胸が現れた。

「可愛いおっぱいだね」

「やっ……」

麻衣子は恥ずかしさに目を伏せる。

俺はなめらかな麻衣子の胸に直に触れた。

「あっあぁあっ……」

布越しの感触よりも、いっそう柔らかくとろけそうな胸を、俺は飽きることなく撫《な》で続けた。

「あん……くすぐったい……あ……」

甘い吐息がもれ始める。

俺はその声をもっと聞きたくて、乳首をいじる指に力を加えていく。

爪《つめ》の先で弾《はじ》くように刺激してやると、

「あっあっあっ……」

と、泣き声のような喘《あえ》ぎを上げた。

「麻衣子……」

俺は、乳首にくちびるを寄せた。

「ああっ……くうっ……」

麻衣子の身体から発せられる甘い香りを味わいながら、ちゅうっと乳首を吸い上げてやると、彼女はびくんと大きく反応した。

くちびるで挟んだり、舌先でこねたりと思うがままに愛撫《あいぶ》を施していく。

「あぁ……ん……あ……あっあっん…………」

麻衣子は身悶《みもだ》えて、たえまなく溜息《ためいき》を漏らしている。

「あー……ああ……」

「ここ、気持ちいいのか」

「は、はい、先生……あぁ…………あ……」

乳首だけでなく胸全体に舌を這《ば》わせていく。

「……はあっ……あぁぁん…………」

「麻衣子、好きだよ」

首筋にキスをして囁《ささや》くと麻衣子は安心したように身体の力を抜いた。

「せんっせい……」

俺はゆっくりと、麻衣子の股間《こかん》へ指を這わせていった。

「あっ……！」

麻衣子のパンティーを脱がしていく。

「せ、先生……」

麻衣子は恥ずかしいのだろう顔を腕で覆っている。

俺は、麻衣子の足をぐいっと開いた。

「きゃ……！」

反射的に閉じようとした麻衣子の足を押し留めて、パンティーを取り去った。

「……は、はずかしい……」

「大丈夫、俺に任せて」

指で麻衣子の花びらをそっと撫でると、そこはすでにしっとりと濡れ始めていた。

花びらを広げて花芯《かしん》に触れる。

「そ、そんなところ、見ちゃだめぇ………」

「綺麗《きれい》だよ、麻衣子」

「うそ……うそ……いやぁ……」

麻衣子は熱に浮かされたように、瞳を潤ませている。

「あああっ………あああっ……！」

俺は蜜《みつ》を指先にすくって、蕾《つぼみ》をこすっていく。

「はっあ……………はあぁ……熱い…………」

麻衣子の花びらがひくひくと動いている。

「くふぅ……ううん……」

蜜はどんどんとあふれ出してくる。

「……あ、ああ……あんっ！」

クチュクチュと、淫《みだ》らな音が響いている。

俺は蕾をくちびるに含んでそっと吸い上げた。

「……あっあっあーっ……」

感じているんだろう麻衣子の太股《ふともも》に、幾度も震えが走った。

「あ、あ……私……おかしく……なっちゃぅ……うぅん！」

両手を俺の頭に伸ばして、引き離そうとする。

「はあぁ……だめっ……先生っ……！」

麻衣子は、激しい快感に息も絶え絶えになっている。

「麻衣子……力を抜いてごらん。俺を信じて」

「先生を……信じて……」

「そう、俺は今、麻衣子に気持ちよくなって欲しいんだ」

「ふあっ……ああ……」

「そうだ、素直に感じて……」

俺は再び愛撫を始めた。

「……ああっあ……先生……変なの……変なの、私っ！」

「変じゃない、気持ちいいんだよ」

「ああん……っ……ぁあ……ぁ……っ」

俺は頃合いを見て麻衣子の花芯を指で探った。

「……んっ……はぁ……」

中は狭いが熱く潤っていた。

「あっ……あぁぁ……あん……」

麻衣子の足を更に左右に押し開いた。

「麻衣子……いいかい……」

「……先生……優しくして……」

「ああ」

俺の熱く高ぶったモノを、麻衣子にあてがった。

「あ……怖い……」

身を竦《すく》ませる麻衣子の腰をつかんで押しつける。

「アッ、いたあぁっ……」

麻衣子の身体が強ばってのけ反る。

「あぁっあああぁーーーーっ!!」

本能的に後ろに引こうとする腰をしっかりとかかえ込む。

「くう……ぁっ……っ……」

「……く……」

予想はしていたが、強烈な締め付けだ。

「麻衣子、麻衣子……力を抜いて……」

「……は、あ……あぁ……」

麻衣子は俺の言葉に素直に従う。

なんとか力を抜こうと息を吐いていく。

その従順な様が愛おしい。

俺はゆっくりと、麻衣子の中へ身体を進めていった。

「あう……あぁ……は、入って来る……先生が……あぁ！」

濡れた睫毛《まつげ》が震えている。

「わかるかい？」

俺は動きを止めて、麻衣子に囁きかけた。

「今、俺たちはつながっているんだよ」

「ああ……」

麻衣子はため息にも似た吐息をついた。

「いま、一つになってる」

「あっ……先生っ……うれしいっ……」

「麻衣子……」

「……はぁ……あああっ……くあっ……あ！」

じゅんっと麻衣子の中がとろけるように潤んでいく。

「う……」

「あぁ……あ……あ……あ、あ………」

俺は麻衣子の細い腰を押さえ、抽送を始めた。

「……はう……あぁっ……ああっ……」

麻衣子は身体の奥からわき上がってくる衝動から逃れようと、俺にしがみついてきた。

「先生っ……先生、キスして……っ……」

俺はすぐに麻衣子の要求に応《こた》えて、くちびるを重ねて深く合わせた。

「ん……んん……」

舌と舌を絡ませながらも、揺すり上げ続ける。

「はあっ……あっ……ふあっ……」

麻衣子の声に甘い響きが増えていく。

「あぁ……先……生っ……中が、中が……熱い……はあっはあっ……！」

麻衣子の手が俺の手をぎゅっと握った。

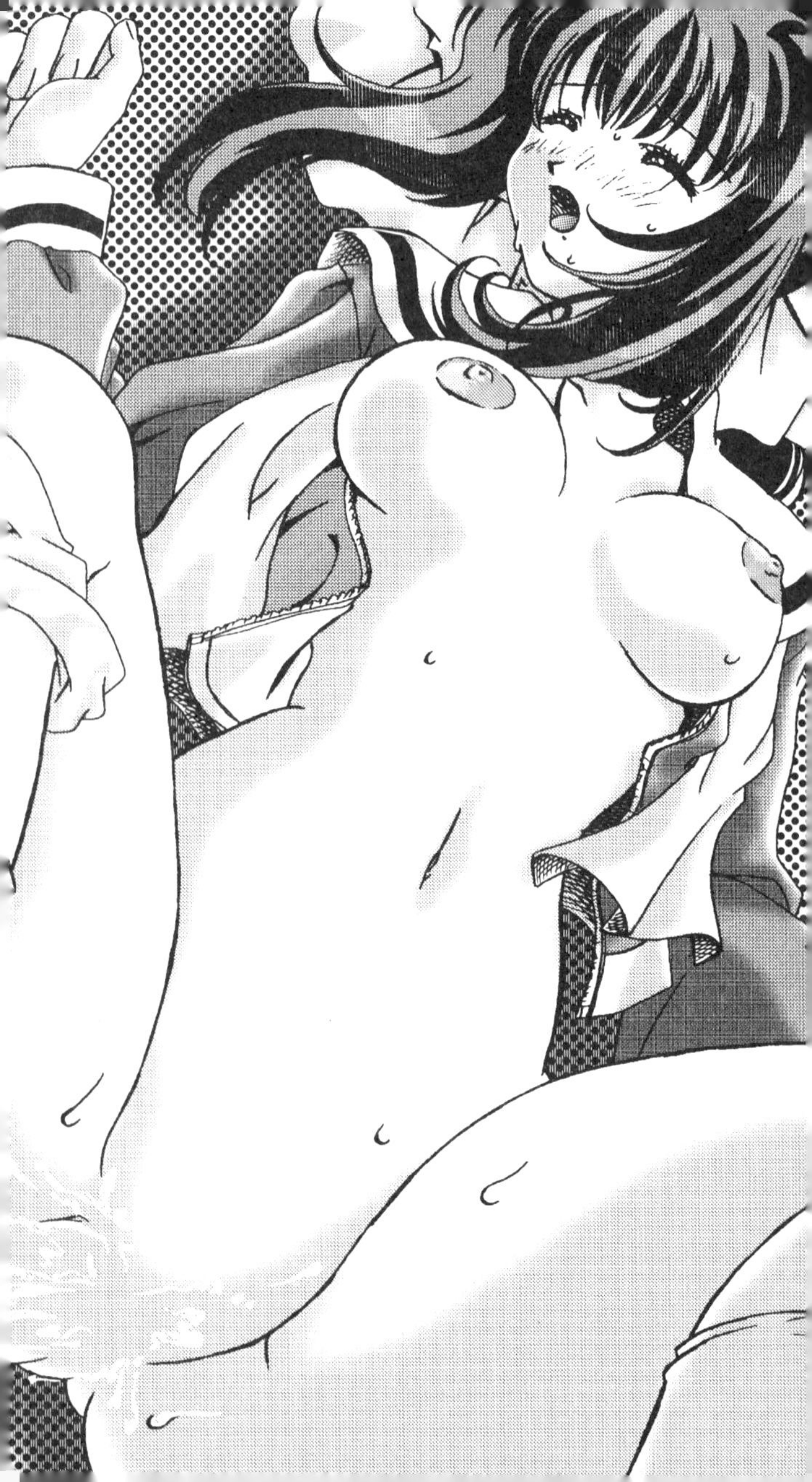

俺もその手を握り、力を込める。

「……んぁ……ああ……あっあっ……すごいの……あんっあぁ……」

麻衣子の口からは止めどなく嬌声《きょうせい》が洩れる。

「あ、あん……あっはぁー……あ、あ、あああ！」

俺の限界も近づいてきた。

「……はぁっ、はぁ……ああん！　先生っ……先生‼」

「く……」

「あうーっ……いいの……ああっ……もう……」

「お、俺も……気持ちいいぞ……」

「あっ！あああっ……あっあっ……私……だめ……だめえ……あああーっ！」

麻衣子の中がぎゅうっと強く収縮して、俺のモノを締め付けてきた。

「う……麻衣子‼」

俺は麻衣子の内壁に精を注ぎ込んだ。

「……はぁ、はぁ……先……生………」


「うふふ、先生くすぐったい……」

俺は麻衣子の髪を撫でていた。

「麻衣子が卒業するまで、俺たちの関係は秘密にしなくちゃな」

「大丈夫です。私、女優ですから、教え子の役をきちんと演じて見せます」

「はは、麻衣子ならばっちり演じきれるな」

「あは、まかせてください」

ひとしきり笑った後、麻衣子が俺を見つめて言った。

「……先生」

「ん？」

「今、私ね心の奥までぽかぽかして、とっても優しい気持ちです。演技にはたくさんの気持ちの引き出しが必要なんです。引き出しがたくさんあるほうがいい演技が出来るんです。先生と出会って、わたし、引き出しが増えたような気がします」

「麻衣子……」

「先生、ありがとう……」

麻衣子は俺の手を握ったまま、眠ってしまった。

俺も君に出会えてよかった。

エピローグ

六ヶ月後………


演劇部は、その後めざましい活動を続けていた。

演劇コンクールでの評判から、部員も増えて、ますます活気を取り戻していた。

名門聖蘭演劇部の復活もそう遠くはないだろう。

麻衣子はその中で、部長として忙しい毎日を送っている。

秋の文化祭での舞台を目指して、稽古《けいこ》を始めた。

教頭が約束通りいろいろと取りはからってくれたので予算も増え、今度はますますいい舞台ができるだろう。

弥生先生は部員が増えた今、オブザーバーとして演劇の指導を手伝ってくれている。

あのまま役者の方がよかったんじゃないですかと聞くと、また機会があればいつでも復帰しますと笑っていた。

みはるは、放課後の料理作りを再開した。そして、お料理クラブを作るんだといろいろ準備を始めたようだ。

将来は女料理人として名をあげることだと、大きな夢を教えてくれた。

香澄は、あの舞台でだいぶ自信がつき明るくなった。クラスで友達も出来たそうだ。

そしてあのコンクールを見に来ていた両親が、今度は踊りの舞台に上がれるようにとまた稽古をつけてくれているそうだ。

智はなんと一月前にアメリカにバスケ留学に行ってしまった。届いたエアメールには、向こうの学校でバスケ部に入ったこと、英語で苦労していることなどが書かれていた。

最後に、１ＯＮ１の勝負、今度こそ勝つからねと書いてあった。

そして俺は、

「ええー、チアリーディング部の顧問を俺がですかぁ」

「そうだ、あの演劇部を復活させた君の腕で、我が学園のチアリーディング部をどうにかしてもらいたいんだ」

「あの教頭先生、演劇部の方は……」

「ああ、弥生君に引き継いでもらえばなんの問題もないだろう。じゃ、よろしく頼むよ」

またしても俺に選択権はないらしい。

「今度から顧問になった秋津だ。よろしくな、みんな」

「はーい!!」

END

あとがき

こんにちは、初めまして。本城伊緒梨と申します。

やっと、やっと、あとがきですー。

縁あって今回、初めてゲームのノベライズというお仕事をさせていただきましたが、う、う、難しいですね。実は今まで、ゲームを最後まで終わらせたことのない人だったものですから、まずフルコンプするのが大変でした。

ゲームの「ラブメイト」はお気に入りの女の子を狙っていくと、それぞれにラブラブなエンディングがありますので、未プレイの方はぜひプレイしてみてください。私のお気に入りは、香澄ちゃんが着物でエッチするシーンです。お気に入りなのに小説にはどうしても組み込めなかったんです……。

夏はこれにかかりっきりで、まだどこにも遊びに行けてないです。どこか行きたいよう。あ、それと仕事中、脳に栄養をーと糖分を取りまくっていたために増えてしまった体脂肪を減らすために、ジムにも通いたいなあ。


ではでは、ほんのひとときでも楽しんでいただけたなら幸いです。

また、お会いできるときまで、お元気でー。

Love《ラブ》 Mate《メイト》 ～恋のリハーサル～

2000年10月１日 初版第１刷発行

著　者　本城 伊緒梨
原　作　ミンク
原　画　福永 ユミ

発行人　久保田 裕
発行所　株式会社パラダイム
〒166 -0011東京都杉並区梅里2-40-19
ワールドビル202
TEL03-5306-6921 FAX03-5306-6923

装　丁　林 雅之
制　作　ＡＧヴォイスプロモーション
印　刷　株式会社秀英

乱丁・落丁はお取り替えいたします。
定価はカバーに表示してあります。

既刊ラインナップ

定価 各860円+税

1 悪夢 ～青い果実の散花～ 原作:スタジオメビウス
2 脅迫 原作:アイル
3 痕 ～きずあと～ 原作:リーフ
4 慾 ～むさぼり～ 原作:May-Be SOFT TRUSE
5 黒の断章 原作:Abogado Powers
6 淫従の堕天使 原作:DISCOVERY
7 Esの方程式 原作:Abogado Powers
8 歪み 原作:May-Be SOFT TRUSE
9 悪夢 第二章 原作:スタジオメビウス
10 瑠璃色の雪 原作:アイル
11 官能教習 原作:テトラテック
12 復讐 原作:クラウド
13 淫Days 原作:ルナーソフト
14 お兄ちゃんへ 原作:ギルティ
15 緊縛の館 原作:XYZ
16 密猟区 原作:ZERO
17 淫内感染 原作:ジックス

18 月光獣 原作:ブルーゲイル
19 告白 原作:ギルティ
20 Xchange 原作:クラウド
21 虜2 原作:ディーオー
22 飼 原作:13cm
23 迷子の気持ち 原作:フォスター
24 ナチュラル ～身も心も～ 原作:フェアリーテール
25 放課後はフィアンセ 原作:スィートバジル
26 骸 ～メスを狙う顎～ 原作:SAGA PLANETS
27 朧月都市 原作:GODDESSレーベル
28 Shift! 原作:Trush
29 いまじねいしょんLOVE 原作:U・Me SOFT
30 ナチュラル ～アナザーストーリー～ 原作:フェアリーテール
31 キミにSteady 原作:ディーオー
32 ディヴァイデッド 原作:シーズウェア
33 紅い瞳のセラフ 原作:Bishop
34 MIND 原作:まんぼうSOFT

35 錬金術の娘 原作:BLACK PACKAGE
36 凌辱 ～好きですか?～ 原作:アイル
37 My dearアレながおじさん 原作:ブルーゲイル
38 狂*師 ～ねらわれた制服～ 原作:クラウド
39 UP! 原作:メイビーソフト
40 魔薬 原作:FLADY
41 臨界点 原作:スィートバジル
42 絶望 ～青い果実の散花～ 原作:スタジオメビウス
43 美しき獲物たちの学園 明日菜編 原作:ミンク
44 淫内感染 ～真夜中のナースコール～ 原作:ジックス
45 My Girl 原作:Jam
46 面会謝絶 原作:シリウス
47 偽善 原作:ダブルクロス
48 美しき獲物たちの学園 由利香編 原作:ミンク
49 せ・ん・せ・い 原作:ディーオー
50 sonnet～心かさねて～ 原作:ブルーゲイル
51 リトルMyメイド 原作:スィートバジル

52 flowers～ココロノハナ～
原作:CRAFTWORKside・b

53 サナトリウム
原作:ジックス

54 はるあきふゆにないじかん
原作:トラヴュランス

55 プレシャスLOVE
原作:BLACK PACKAGE

56 ときめきCheck in!
原作:クラウド

57 散櫻～禁断の血族～
原作:シーズウェア

58 Kanon～雪の少女～
原作:Key

59 セデュース～誘惑～
原作:アクトレス

60 RISE
原作:RISE

61 虚像庭園～少女の散る場所～
原作:BLACK PACKAGE TRY

62 終末の過ごし方
原作:Abogado Powers

63 略奪～緊縛の館 完結編～
原作:XYZ

64 Touch me～恋のおくすり～
原作:ミンク

65 淫内感染2
原作:ジックス

66 加奈～いもうと～
原作:ディーオー

67 PILE・DRIVER
原作:ブルーゲイル

68 Lipstick Adv.EX
原作:フェアリーテール

69 Fresh!
原作:BELL-DA

70 脅迫～終わらない明日～
原作:アイル【チーム・Riva】

71 うつせみ
原作:BLACK PACKAGE

72 Xchange2
原作:クラウド

73 M.E.M.～汚された純潔～
原作:アイル【チーム・ラヴリス】

74 Fu・shi・da・ra
原作:ミンク

75 絶望～第二章～
原作:スタジオメビウス

76 Kanon～笑顔の向こう側に～
原作:Key

77 ツグナヒ
原作:ブルーゲイル

78 ねがい
原作:RAM

79 アルバムの中の微笑み
原作:curecube

80 ハーレムレーサー
原作:Jam

81 絶望～第三章～
原作:スタジオメビウス

82 淫内感染2～鳴り止まぬナースコール～
原作:ジックス

83 螺旋回廊
原作:ruf

84 Kanon～少女の檻～
原作:Key

85 夜勤病棟
原作:ミンク

86 使用済～CONDOM～
原作:ギルティ

87 真・瑠璃色の雪～ふりむけば隣に～
原作:アイル【チーム・Riva】

88 Treating 2U
原作:ブルーゲイル

89 尽くしてあげちゃう
原作:トラヴュランス

90 Kanon～the fox and the grapes～
原作:Key

91 もう好きにしてください
原作:システムロゼ

92 同心～三姉妹のエチュード～
原作:クラウド

93 あめいろの季節
原作:ジックス

94 Kanon～日溜まりの街～
原作:Key

95 贖罪の教室
原作:ruf

97 帝都のユリ
原作:スィートバジル

98 Aries
原作:サーカス

99 LoveMate～恋のリハーサル～
原作:ミンク

好評発売中!

〈パラダイムノベルス新刊予定〉

☆話題の作品がぞくぞく登場！

103.夜勤病棟

〜堕天使たちの集中治療〜

ミンク　原作

高橋恒星　著

聖ユリアンナ病院に勤務する４人の看護婦たち。彼女らは医師・竜二によって、性奴隷に調教されていた！

101.プリンセスメモリー

カクテルソフト　原作

島津出水　著

イーディンが見つけたのは、記憶と感情を失った少女フィーリアだった。彼女の心を取り戻すため、ダンジョンを調査するが…。

102.ぺろぺろCandy2 Lovely Angels

ミンク　原作

雑賀匡　著

母親に朋華のアルバイトの様子を見てきてほしいと頼まれた俊平。彼女が勤めていたのはイメクラだった。

104.尽くしてあげちゃう2
~なんでもしちゃうの~

トラヴュランス　原作

内藤みか　著

一人暮らしの大輔は、ひょんなことから女の子と同棲することに。一日中、サービス満点の生活が…。

106.使用中~W.C.~

ギルティ　原作

萬屋MACH　著

あるビルの共同トイレは排泄マニアをはじめ、いろんな性癖の女が集う場所だった。雑居ビルのトイレで繰り広げられる、恥辱劇！

107.せ・ん・せ・い2

ディーオー　原作

秀一は現国教師の久美子に恋心を抱いていた。だが、彼女に結婚話が持ち上がったとき、秀一の中で久美子を独りじめしたいという欲望がわき起こった…。